來自天堂的暑假作業

曾詠蓁——著　蘇力卡——圖

獻給小時候常常陪我玩的表哥，以及他勇敢的一家人。

名家推薦

侯文詠（名作家）：

藉著〈我的母親〉這篇作文的重寫，川楓這個多出來的暑假作業，帶著他去重新理解了自己過世的母親，理解自己的身世，進而重新思考了他和繼母的小孩川櫻的關係，自己和父親、繼母的關係。這是我很喜歡的一篇故事，佈局很好，娓娓道來，充滿了發現自己對自己的和解，對別人的諒解，並且用包容與愛，重新開始新的關係。

許建崑（東海大學中文系副教授）：

新來的雯雅老師要川楓在暑假補寫〈我的母親〉一文，這可是個艱鉅的任務。童年時媽媽已經去世；爸爸娶新媽媽，生下妹妹川櫻，搬出老家；只有阿嬤才是他相處的至親。為了寫這篇文章，川楓從爸爸的信、媽媽年輕時的日記、阿嬤日漸模糊的記憶、美琳小阿姨的口述，拼湊媽媽的輪廓；也因為貼心的妹妹，而理解新媽媽，不再坐困愁城，很溫馨的故事，也有日本淒傷美的櫻花情結。

桂文亞（名少兒文學家）：

失去母親的孩子，能重繪母親生前的畫像嗎？「記憶就像開在磚牆上的野花，找到縫隙就會用力鑽出，而不管它的排列先後。」

這是一篇耐人尋味的成長小說，作者巧妙的透過亡母的日記，做為孩子認識複雜成人世界的一面透視鏡，從而接受不完美並予以寬諒。如何培養健康心態面對生命？作品不落痕跡的呈現了這篇小說動人的深度。

目錄

1

一個須補寫的作文題目

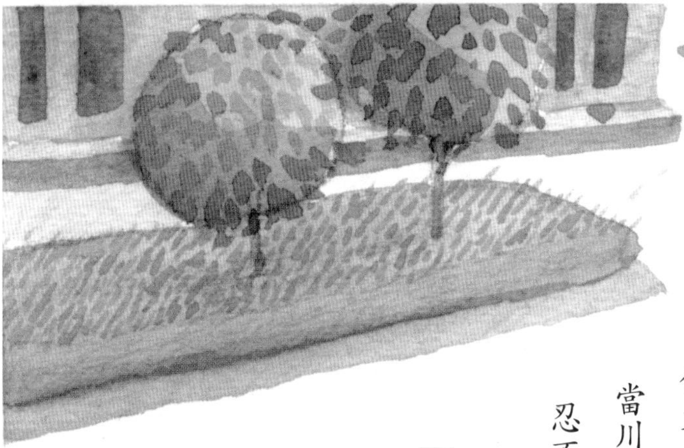

這個暑假，川楓比班上其他同學多了一項暑假作業。也不是多重或多難的作業，就是一篇作文而已，這對作文成績總是很高的川楓來說，應該不是件難事。但是當川楓從老師口中得知暑假要補寫這一篇時，眉頭還是忍不住皺了起來。

剛才離開老師辦公室，沒想到迎面走來一位最愛「包打聽」的同學，用身體擋住他的去路。

「剛剛老師叫你去做什麼啊？」綽號「花輪」的男同學拿著掃把，湊近川楓的耳邊輕輕問道。

「她叫我重寫。」川楓咬著下嘴唇。

「重寫什麼？」

「一篇作文啦！」川楓快步往前走，甩下了滿頭問號的花輪。穿過正在大掃除的同學們，川楓頭一次注意到校園裡的灰塵竟然有這麼多，如果加上瞬間風的助陣，全校上百支掃把揚起的灰塵就像電視上看到的沙漠風暴，彷彿一下子就可以把一個人吞沒。

他覺得有一點煩悶，說不清楚的，在胸口的地方。這是因為要補寫作文的關係嗎？他原本滿喜歡這個來代課的老師，因為她跟一般的老師不大一樣。但是她今天提出這麼奇怪的要求，讓川楓又覺得她跟很多討人厭的老師沒什麼差別了！

老師要他重寫的這一篇作文題目是：「我的母親」。

這樣的作文題目，川楓從小到現在不知寫過幾遍了，似乎很多老師都很喜歡出這種題目，不是寫寫母親，就是寫寫父親，要不再來寫

寫「我的家」。川楓曾看過很多同學的〈我的母親〉，裡面有整天做家事的媽媽，有常常出外工作的媽媽，有很能幹的媽媽，愛生氣的媽媽，有很嘮叨的媽媽……，不過到文章最後，總是會出現「我覺得媽媽是世界上最漂亮的」、「媽媽最愛我」、「我最愛媽媽」等等句子，讓川楓覺得有一點酸酸的羨慕。

川楓為什麼會羨慕這些同學呢？這是因為他從小是阿嬤帶大的。媽媽在生他的時候死了，一直以來，他都是透過相片來認識媽媽。

雖然如此，川楓對於寫「我的母親」這樣的作文題目，卻一點難度也沒有。他有時候會直接在作文裡坦承沒有母親，而以阿嬤為藍本來寫，這樣老師也是接受的；或者，他就借川櫻的媽媽（也就是繼母）的模樣來寫，這樣也ＯＫ。或者，他就根據照片裡母親給他的印象，加上一點想像力來寫，結果老師也照樣讓他過關，他開始有一點懷疑老師有認真看他的作文嗎？也或許老師們在意的是他的國語文造詣，而不是類似的作文內容是否有一致性。

這學期，班上來了一位代課的雯雅老師，接替去生產的貓咪老師。這位雯雅老師不大動怒，更不曾拿「愛的小手」處罰同學，但是大家都不大敢在她面前淘氣。

怎麼說呢，同學都覺得當她收斂笑容，表情變得嚴肅，一雙眼睛炯炯有神的直勾勾看過來時，就好像可以穿透皮膚，直接看進人的心底。此時此刻，再淘氣的小孩，大氣都不敢出一聲。這時候諸如「誰打了誰」、「老師你看他」之類的小報告聲都會暫時止息，只能盡量減少錯誤的乖乖站著，彷彿任何一個多餘的小動作都足以讓老師當做線索，找到剛剛是誰闖了禍。

同學們幾乎都有點怕這位雯雅老師，包括川楓，但是他也覺得這老師有點特別，彷彿什麼事都瞞不了她。所以當這次期末又出了「我的母親」這樣的作文題目時，他老實的在作文簿上寫著：「因為媽媽在生我的時候去世了，從小是阿嬤把我帶大的，阿嬤就像是我的母親。」

他於是把阿嬤以及他怎麼與阿嬤相處的，仔仔細細的描述了一番。

沒想到這次老師不想輕易讓他過關。她把川楓叫來辦公室，問他：「你認識自己的親生母親嗎？」

川楓想了一下，想到目前為止對媽媽所知道的訊息，非常有限，恐怕連寫成一篇作文都不夠。他誠實的搖搖頭。

「想不想進一步認識自己的母親呢？」老師笑笑的說。

她笑起來眼角有深深的魚尾紋，臉部線條牽動時，就像冬天曬在頭頂上的陽光，和煦而溫暖。一見到這樣的笑容，川楓的心就像放在烤箱裡的起司一樣，融化了一半，但是另外一半，他還是堅持要冰在冰箱裡。

「我的建議是，你可以試著當個小記者，採訪爸爸、阿嬤、外婆等有跟你媽媽相處過的人，了解媽媽是怎樣的人、媽媽做過哪些事等等。」

雯雅老師認真的看著他：「老實說，這個作業不是那麼容易，對你、或是對爸爸、外婆來說可能都有點難。但是，如果你可以認真的

把它完成，老天爺會送給你一個禮物。」

「什麼禮物？」川楓故意這樣問，他根本不相信有老天爺這種東西。

「到時候你就知道啦。」雯雅老師向他頑皮的眨了眨眼。

川楓覺得很無奈，沒想到這個雯雅老師真的很會找麻煩，寶貴的暑假生活，他可不想都被寫作業這種事佔滿了。

川楓一向是個用功積極的好學生，總是在放假的頭一個禮拜裡，就把作業寫光，這樣接下來就可以放心的大玩特玩。但是這一次暑假他破例了，所有的功課都寫完了，就剩下這一篇作文遲遲未寫。

但其實，這在放假前一天，突然被指派的一篇作文，對川楓而言，卻有著一種奇怪的引力。川楓一方面覺得很煩、很討厭，一方面心裡頭又念念不忘著有這麼一篇作業。連和鄰居一起打電動的時候都沒辦法好好專心，一下子就死了。

「喂，川楓，怎麼今天這麼遜？」鄰居阿勳一邊吃著阿嬤切的西瓜一邊虧著川楓，川楓搖搖頭，他覺得自己簡直就像是被鬼附身！

阿勳回去以後，川楓躺在床上發呆。廚房傳來切菜、炒菜的聲音，是阿嬤在煮晚餐。

今天，爸爸也會過來吃晚餐。每個星期二跟星期五，是爸爸來「這邊」吃晚餐的固定時間。利用吃飯的時候，爸爸會問他各種問題，譬如在學校怎麼樣啦、功課作完了沒、考試考得如何，諸如此類的一些問題。

川楓喜歡爸爸來這邊陪他吃飯，但是不喜歡聽他嘮嘮叨叨的問這

些。他都會看川楓的聯絡簿跟成績單，上面其實清清楚楚的載明了他的學習情況，爸爸又何必再問呢？

每當爸爸在飯桌上嘮嘮叨叨的問東問西時，川楓往往以最簡潔的答案回應，諸如「還好」、「寫完了」、「就第幾名」，讓爸爸無話可接。爸爸有時會敲敲他的頭：「你什麼都不跟爸爸講！」

但他發現爸爸其實也是一樣的，每當阿嬤嘮嘮叨叨的問東問西時，爸爸的回答往往是「嗯」、「還好」、「知道了」。川楓覺得阿嬤其實是想藉著這些話題跟爸爸多聊聊天，但是他總是三兩句就打發掉了。

他跟爸爸，在家人面前，都屬於沉默、不多話的一族。但聽姑姑說，在媽媽過世前，爸爸並不是這個樣子的，他非常活潑、幽默，常在眾人面前耍寶，總是能把大家逗得哈哈大笑。

雖然爸爸後來又娶了新媽媽，但川楓一直認為，爸爸還是很愛媽媽的。

他曾在阿嬤的櫃子裡翻出一本厚重的相簿，那本相簿從此變成他時不時要翻出來的寶貝。因為相簿裡有很多媽媽的照片，媽媽和爸爸一起出遊的照片、結婚時的照片，媽媽懷著他挺著大肚子的照片。照片裡爸爸摟著媽媽，露出好快樂的笑容，現實生活中，川楓從來沒見到爸爸這樣笑過。

川楓很愛看這些照片，但是他從沒有拿著照片去問阿嬤或爸爸關於媽媽的任何事，阿嬤跟爸爸也不曾主動跟他談起媽媽。那就像是一種心照不宣的默契，面對這樣的傷痛，大家都選擇閉上眼睛，繞道而行。就連小小的川楓也知道不該去過問媽媽的種種，以免掀開大人心中好不容易癒合的傷疤。

他直覺的知道自己不該去過問，因為母親的死直接與他的出生有關。詳細的情形他並不清楚，他只約略的知道母親死於生產時的併發症。所以從小到大，他從來沒有過過生日，直到有一次他在鄰居家目睹大人為一個小朋友切開生日蛋糕時，川楓才知道生日是應該慶祝的。

在阿嬤的炒菜聲中，電話鈴響了。川楓從床上彈起來去接電話，果然是爸爸打來的。

「喂，是川楓嗎？我是爸爸。」

「嗯，我知道。」

「我今天要加班，不能過去吃飯了，跟阿嬤說一聲。」爸爸遲疑了一下：「那你……，有什麼事要跟爸爸說的嗎？」

川楓搖搖頭，突然想起爸爸是在電話的另一端，不可能看到他的動作，於是輕輕補上一句：「沒有。」

「對了，我忘了告訴你，下個周末有旅遊活動，到六福村去玩，我幫你跟川櫻都報了名，加上阿嬤，全家一起去。」

「好。」川楓語氣平淡的說，但是好不容易爸爸能抽空帶他出去玩，他內心其實很高興。

「那就先說到這邊，爸爸要去忙了。」

「爸爸，我有一個作業可能要你幫忙。」川楓自己也很訝異，這憋了許久的要求突然脫口而出，他原本還在考慮要不要寫這多出來的暑假作業呢，搞不好開學的時候，貓咪老師已經回來了，討厭的雯雅老師也已經不在了，這樣誰會管他有沒有補寫這一篇作文？

但在這同時，川楓心裡又有另一種聲音，完全能夠同意雯雅老師的提議，很想好好的來完成這一篇作文，怎麼說呢？他一向不怎麼認識自己的母親，很少從周遭大人口中，聽到母親的故事。川楓其實也非常想知道，媽媽究竟是什麼樣的人？

所以，川楓才會突然不經思索的，對父親提出這個從來未有的要求。

「好啊，是什麼作業，是要做科學玩具嗎？」

「不是，老師要我寫『我的母親』，她希望我訪問你、阿嬤、外婆等有跟媽媽相處過的人，然後寫成一篇作文。」

爸爸停頓了有五秒之久，然後才慢慢的說：「嗯，找時間再來談談。」

川楓掛上電話，他心裡有隱隱的不安，擔心爸爸因此不開心或覺得難過。

川楓是個早熟、懂事而獨立的孩子。很小的時候他就懂得察言觀色，並且盡量不打擾大人的自己長大。他已經沒有了母親，很怕因為做錯什麼事，再失去爸爸、阿嬤等摯愛的家人。

「怎麼樣?是誰打電話來?」阿嬤端著一盤炒高麗菜走過來。

「是阿爸啦，他說今天不過來吃晚飯。」

「怎麼都是這麼晚才講，飯都煮下去了……」阿嬤碎碎念的回到

廚房，川楓看著阿嬤微駝的背影，他感覺到她是有點失望的，爸爸已經因為加班的原因好幾天沒過來一起吃晚飯了。

爸爸剛娶新媽媽時還住在阿嬤家，當時川楓還小，所以不很確定發生了什麼事。但他隱隱約約的知道，那時新媽媽跟阿嬤之間有一些不愉快，好像是跟他有關的。

新媽媽對他的管教比較嚴格，認為他被阿嬤寵壞了，需要好好調教回來。所以有一段時間川楓常常被處罰，新媽媽不會打他，但是會罰他站、罰他打掃、洗廁所。阿嬤在一旁看不下去，她不好意思直接跟媳婦講，但是會跟川楓的爸爸抱怨，可能是因為這樣，婆媳之間的關係越來越緊張。

川楓永遠記得，爸爸跟新媽媽搬出阿嬤家的那一天。當他從幼稚園娃娃車上下來時，看到爸爸站在大門口迎接他，手上拿了一輛湯瑪士小火車。

「爸爸！」川楓很高興的跑過去，因為他平常總是上班上到很晚，很少能夠這麼早回家陪他玩。

爸爸把新火車送給川楓，然後用力的抱住他，甚至把他高高舉了起來。這是他們父子倆小時候常玩的遊戲，現在他升上了大班，身高體重都增加很多，爸爸已經很久沒有把他高高舉起來了。

不知道是不是陽光太刺眼的關係？晴朗天氣的黃昏，金色的陽光依然會螫人的眼睛，爸爸舉著他轉了一圈又一圈，他感覺自己就像在乘坐會飛天的旋轉木馬一樣。但是在某一瞬間，川楓清楚的記得，隔著爸爸的近視眼鏡，他看到爸爸的眼睛裡，隱隱約約泛著淚水，在陽光中閃閃發亮。

「川楓，爸爸跟新媽媽要搬到別的地方去了，在家你要好好聽阿嬤的話。」把他放下來後，爸爸表情嚴肅的說。

川楓聽了大吃一驚：「為什麼呢？我也要去！」

「不行，你要陪阿嬤……別擔心，爸爸每個禮拜都會過來陪你玩的，等新家弄好，爸爸再接你過去玩。」

「為什麼？為什麼我不能跟你住在一

起？」川楓忍不住哭起來：「我想爸爸……」

爸爸緊緊的抱住他，不發一語。當天晚上，爸爸還是跟他們一起吃飯，甚至跟他一起洗了澡，還送他到床上講了好幾個睡前故事。川楓摟著湯瑪士小火車迷迷糊糊的睡著了，直到半夜時分，被阿嬤的鼾聲吵醒。

從小到大，川楓都是跟阿嬤一起睡，所以阿嬤的鼾聲對他而言不是噪音，反而像搖籃曲一樣令他安心。但是今天晚上，可能是因為記掛著爸爸會不會離開，川楓睡得並不沉，一點聲響就弄醒了他。

「爸爸？」

川楓忘記了自己平常會怕黑，光著腳就跑到爸爸的房間去，他打開燈，看到床鋪收拾得乾乾淨淨整整齊齊，爸爸不在這裡。

他又跑到客廳，甚至浴室、廚房，一間一間的開燈，一間一間的確認，爸爸都不在那裡。

川楓終於認知到，爸爸還是走了，跟新媽媽搬到他們的新家去。他不知道爸爸是基於什麼原因，為什麼不讓他跟阿嬤一起搬過去？

川楓覺得很難過，心的某個部位感到受傷、刺痛，但是這一次，他卻沒有像往常一樣哭出聲來。

生平第一次，他體會到了被拋棄的感覺。

他像一個認命懂事的大孩子那樣，靜靜的回到阿嬤房間，靜靜的回到床上，躺下。他連流淚也是無聲的，似乎在那一個晚上，突然發現了自己心中的一個小房間，一個只容得下他身軀大小的房間。在那個小房間裡他只想安安靜靜的跟自己在一起，不希望任何一個人走進

來找到他。

雖然爸爸之後很守信用的固定來阿嬤家陪川楓吃飯、送他上學，偶爾接他到新家小住，但是父子之間的距離卻越來越遠，川楓已經無法像小時候那樣，與爸爸緊緊靠在一起。

2

爸爸的信

在六福村裡，川櫻興沖沖的跑在最前面，不停的向川楓揮手：

「哥，快來、快來嘛！」

川櫻今年才六歲，一張臉圓圓潤潤的好像富士蘋果，配著長長睫毛的大眼睛滴溜溜的轉著，長得超可愛。這一天她穿著粉紅色、上面繡有凱蒂貓的連身洋裝，白色娃娃鞋，她天生自然捲的頭髮上還綁著一隻大而醒目的蝴蝶結，遠看就像米老鼠的女朋友米妮。

雖然共有一個爸爸，但是川楓與川櫻的命運差很多。川櫻從生出來就有父母親的圍繞與呵護，與父母親住在新的大樓裡；川楓則一出生就失去了母親，而且也無法跟父親同住，他與逐漸老邁的阿嬤住在舊公寓裡，很小的時候就知道了寂寞的滋味。

但是，老天爺就像是要展示他的公平性似的，看似擁有了一切的

川櫻，卻失去了一樣最寶貴的東西：她的健康。

川櫻在三歲那一年被診斷出患有先天性的糖尿病，從此以後川楓常常可以看到川櫻拿著小機器測血糖，甚至是在家打針的畫面。

「妳都不怕打針啊？」川楓有一次問她。

「不怕啊，打針就像蚊子咬一樣，一點點痛而已。而且，媽媽說這是給我輸入『能量』。」剛打完針的川櫻故意鼓著腮幫子說。

新媽媽也在一旁微笑點頭。川楓覺得自從新媽媽生下川櫻，川櫻又生病以後，她的臉部表情變得較為柔和，不像以前那般嚴厲講究規矩。她跟阿嬤似乎也和好了，星期假日時，她偶爾會帶著川櫻過來阿嬤這裡，讓川櫻跟著川楓玩耍，她就跟阿嬤一起待在廚房裡，有說有笑。

川櫻的不便不僅如此，吃飯時她要計算醣類的攝取量，還不能隨意吃川楓常吃的糖果、零食、飲料等食物，只能吃新媽媽為她特別準備的糖果。看到妹妹這麼可憐，川楓也就不忍心計較為什麼川櫻命比較好，可以得到父母較多的關愛，而是督促自己像一個大哥哥那樣，保護、忍讓著她。

但說實在，在川楓的內心，實在很難把川櫻當作自己的家人那樣看待，因為他們並不是天天住在一起，唸的學校也不一樣。不過川櫻看到川楓，卻總是特別興奮的衝過來哥哥長、哥哥短的黏著不放，她對於川楓的一切都感到好奇、感到崇拜。

看到妹妹這樣無條件的喜歡著自己，平常跟人互動比較消極冷淡的川楓，對於妹妹倒是特別的有求必應，看到漂亮可愛的貼紙，也會

想到要替妹妹買一份。

川楓跟著川櫻玩了好多遊樂器具，包括雲霄飛車、急流泛舟、大冒險等等，他們看著爸爸坐著大怒神從天而降，兩人嚇得驚聲尖叫，也搭了小火車和巴士去看動物。每到遊樂場的時候，爸爸最辛苦，因為他就像兄妹倆的保鑣兼大玩偶一樣跟前跟後，買東買西；而平常辛苦照料他們的阿嬤與新媽媽就坐在附近聊天喝飲料，放鬆一下，看到兄妹倆這麼高興，她們也跟

著露出開心的笑容。

看過兇猛的獅子老虎後，川櫻有點累了，揉著眼睛打著呵欠，每當這種時候，她就會撒嬌的賴向媽媽懷裡，一定要媽媽抱不可。新媽媽也笑咪咪的摟住她，在川櫻的蘋果臉上親了好幾口。

川楓看著那一幕，有點呆了。雖然他一再告訴自己那沒什麼好希罕的，這樣親來親去好噁心。但是媽媽的親吻與懷抱的確是有一種魅力，讓他每每目睹的時候都會目不轉睛，久久的無法回神。

「川楓，跟爸爸一起去買飲料吧。」爸爸拍拍川楓的肩膀，輕聲說道。

川楓點頭，他心裡感到有一點不好意思，臉頰上熱烘烘的。剛剛他盯著川櫻與新媽媽看的畫面，搞不好爸爸注意到了，要不然他怎麼

會突然要找他一起去買飲料呢？

爸爸長得很高大，跟他一起走路的時候川楓往往要小跑步才跟得上，但是今天，他發現爸爸好像刻意的走得慢一點，讓川楓可以輕易的跟在他身旁。

「川楓，爸爸問你一件事……」爸爸不僅走得很慢，而且說起話來也有點吞吞吐吐。

「什麼事？」川楓抬起頭來看向爸爸。

「想不想搬過來跟爸爸一起住呢？」爸爸的語氣略顯急促：「我跟你新媽說好了，她也同意你搬過來一起住在新家……。」

川楓的心中湧現了一種奇怪的感受。曾經，他非常希望跟著爸爸一起搬到新家，當他發現爸爸丟下他偷偷搬走的時候，感到很震驚與悲傷。不過，再難過的感覺總是會有消失的一天，不知道從什麼時候起，他不再會想到要跟爸爸一起住，他已經接受了就是要跟爸爸分開住的事實，而將阿嬤視為是自己相依為命的家人。

因此，當爸爸這麼提的時候，川楓的心中首先浮現了阿嬤的臉龐，那阿嬤呢？阿嬤也同意要過去住嗎？

「阿嬤要過去住嗎？」川楓問。

「不，阿嬤想住在原來的家裡，她捨不得搬離舊家。」爸爸說。

川楓看著地面，想了好一會兒。

「我要想想看，」川楓鼓起勇氣說著，他沒有看爸爸，而是輕輕踢著腳邊的小石頭：「我有點捨不得阿嬤。」

「沒關係，你想一想。不過，爸爸很希望你能搬過來一起住。」

爸爸說。川楓抬眼瞄了一下爸爸，看到他臉上露出明顯的失望表情。

爸爸會覺得不高興嗎？川楓心中掀起微微的不安。

但另一方面，川楓的心中響起另一種聲音：爸爸為什麼這時會想要接我過去一起同住呢？如果爸爸真的那麼想要跟我住在一起，那時候，又為什麼要偷偷的離開？

川楓不明白，對於大人的世界，他常常感到難以理解。就譬如爸爸，他理應是川楓最親近的人，但是在很多時候，川楓並不會想要特別靠近他，因為他總是在想著什麼事情一樣，眉頭微微的皺著，一點也不可親。

父子倆在飲料販賣部前排了一下隊，才買到可樂與冰紅茶。爸爸把飲料交給川楓，同時也將一個白色信封塞進他的口袋裡，爸爸的表

情與口氣都有點慎重的說：「這封信，你回家再打開來看，注意不要讓川櫻看到了。」

「這是什麼信？」川楓疑惑的看著爸爸。

「這是有關你媽媽的事情。爸爸嘴巴比較笨，不一定都能說得出來，用寫的比較完整。」爸爸拍拍他的頭，露出一抹微笑：「我們快跑回去吧，別讓阿嬤她們等太久了。」

那天晚上，等阿嬤睡了以後，川楓偷偷離開臥房，來到他寫作業的書房。這裡以前是爸爸的房間，等到川楓升上了小學以後，爸爸買了一張新書桌與電腦擺放進來，這房間就成了川楓打電動與寫功課的書房。

川楓打開護眼檯燈，珍重的把信封拿出來，信封裡有一張A4大

小的紙，爸爸不僅用電腦打字寫信，他還掃瞄了一張川楓從沒看過的，爸爸媽媽的合照。

照片裡的媽媽非常年輕，笑起來眉眼、嘴唇往上拉出美好的弧線，就像是往上彎的月牙一樣，一張臉白白淨淨的，長長的捲髮垂在胸前，她穿著連身碎花洋裝，無限幸福的靠在爸爸的肩膀上，一隻手放在肚子上面。

爸爸呢，看起來年輕、瘦削許多的爸爸，一隻手攬著媽媽的腰，一隻手往上彎，故意露出上手臂的肌肉，臉上充滿得意的笑容。

爸爸在圖片下方寫著：「川楓，你知道嗎？你也在這張相片裡。那時候我們剛剛確定有了你，你當時還很小很小，在媽媽的肚子裡。」

川楓看到這裡，下意識的用手指去觸摸了照片上，媽媽的肚子部位。

這是爸爸第一次寫信給你。真是抱歉，爸爸這些年以來一直在忙工作，沒時間多照顧你，希望你能原諒爸爸。

你的媽媽名字叫林美茹。她過世已經十多年了，說實在除非刻意找出照片來看，否則，在我的記憶中，她的面孔都有點變得模糊了。

我跟你媽媽在你這個年齡就認識了，她是我的小學同學。但是小學的時候，我對她沒有什麼特別印象，一直到上了大學，有一次辦同學會，我看到長大以後的她，她留著長髮，臉上沒施脂粉，穿著樣式簡單的洋裝坐在角落的位置裡，她跟小時候一樣不愛說話，一樣愛

笑。她的笑容有一種亮度與溫度，會讓穿著打扮並不起眼的她一時之間煥發著令人無法忽視的光采，於是我就被徹底吸引住了。

努力追求了三個月之後，她成為我的女朋友，交往七年之後，我們結婚了。直到她離開人間為止，我們相處的時間實在不長，也不過十年左右。

常常我看著你的臉，會想到你的母親，說實在，你是一個乖巧懂事的孩子，與我這個不負責任的爸爸完全不同，我想這是老天爺給我的厚愛，你就跟你母親一模一樣，完全不用人操心、特別呵護，自己就可以好好的長大，還總是有餘力照顧別人，就像你常常很照顧川櫻一樣，你成熟又懂事的母親從跟我交往以來，就一直負責照顧著我。

有時，我想到過往相處的點滴還會覺得有些後悔，在那些時候，

我怎麼就沒想到要對她好一點呢？反而覺得朋友比較重要，玩樂比較重要，她還沒嫁給我，我就把自己的髒衣髒褲、待整理打掃的房間交給她，認為她幫我打掃是一件理所當然的事。有一次你母親因為假日臨時答應幫家教學生補課，我生氣她假日無法陪我，發了一頓好大的脾氣，但是任我怎麼罵她、怎麼摔東西，你母親都沒有回嘴，只是流著眼淚望著我而已。

這就是她，非常的能夠忍耐、非常的能夠包容我。因此她之所以會早死，搞不好原因與我有關，因為她終於受不了我了，除了一死了之，她要如何心無罣礙的離開我？

你母親是一個很認真、很有毅力的女性，因為你外公早死，外婆

家經濟並不寬裕，所以從我認識她以來，她都一直在兼家教、打工賺取自己的生活費。她也很早的就立定了自己的工作目標，那就是進學校當老師。要當老師真是一件辛苦的事，我眼見她平日在兒童書店工作，假日還要回學校修教育學分班，結業以後，要去郊區的學校實習，拿到教師證以後，千辛萬苦的到處奔波了三年以後，才終於找到一個教職工作。

如果你的母親還在，也許今天你會是她的學生也說不定。但是，不論她是不是有親自照顧你、教導你，我很高興你已經長成一個懂事、優秀的孩子，我想不只我，你母親在天之靈也一定是很高興的。

很抱歉爸爸寫得不多，有關她的記憶實在太多了，但正因為太多，所以不知道該如何下筆說得清楚。希望我寫的這一點點，能有助

於你的作文功課。

爸爸

川楓看完信，輕輕的吐了一口氣。

這是他第一次看到爸爸較完整的談到媽媽，他也有些吃驚的，沒想到爸爸可以這樣毫無障礙、充滿情

感的談到她。因為川楓從小就有一種感覺：爸爸、阿嬤不喜歡他提到媽媽，他們常常三言兩語的就打發掉他的問題，這讓川楓覺得，他們是怎麼了呢？提到媽媽似乎會引起他們的不開心。

久而久之，川楓就放棄再去想媽媽的事了，雖然他仍會難過，但他已經認命的把自己當作是天生就沒有母親的孩子，就像是學校裡有些同學，天生就失去了手腳、視力、智力一樣。

因此，若雯雅老師沒有叫他重寫這篇作文，也許他一輩子都不會有機會知道爸爸真正的心意，一輩子都不會知道，原來他很像母親。

川楓把信收好，關了燈以後，躡手躡腳的回到房間。他輕輕的爬上床，拉起被子，再慢慢的躺下去。此時阿嬤睡的那頭有一陣模糊的聲音傳過來：

「是阿楓嗎？」

川楓趕忙回應：「嗯。」

「阿楓，你又去打電動了嗎？跟你說，這麼晚睡覺最不好了啊，為什麼還要偷偷起床去打電動呢？這樣對眼睛不好，再說小孩是要睡覺才會長大，老是不睡覺的小朋友，會長不高喔。」

川楓沒吭聲，多年的經驗告訴他，面對阿嬤的嘮叨，最好的回應是「無聲勝有聲」。

「你這個囡仔，別裝了啦。你別起來，躺著聽阿嬤說就好，」阿嬤坐起身來，幫川楓把涼被拉好：「你阿爸今天有沒有跟你提，要你一起搬過去住的事？」

「有啊。」川楓說。

「那你答應了嗎？」

「沒有耶，我說我還要想想。」川楓看著阿嬤，老實回答。

「啊，你這個傻囡仔，你是擔心阿嬤嗎？」阿嬤湊過來，一雙小眼睛盯著川楓的臉看。

川楓點點頭。

「我告訴你，你阿爸也是一直要我搬過去住，說了很久了，是我自己不要去的，為什麼呢？這是因為我捨不得這間厝，這間厝雖然不大，但是你阿公跟我年輕時辛苦打拚工作，好不容易買的，你阿爸、姑姑們都是在這間厝裡長大的，你阿公是在這間厝裡往生的，這間厝好像是我的親人耶，我怎麼捨得搬走呢？」

阿嬤躺下來，繼續對著川楓說：「還有啊，我好不容易跟你新媽

和好了，如果我真的搬過去住，搞不好又會吵架。你小孩子不懂，女人是不能共用廚房的，如果我又跟你新媽吵翻，不是顛倒給你阿爸惹麻煩嗎？」

川楓點頭。他還約略記得小時候，阿嬤跟新媽媽不合的那段時光，家裡的氣氛很糟，新媽媽常常在廚房煮菜時會摔鍋碗瓢盆出氣，聲音之大，讓在客廳看卡通的川楓都嚇得不敢出聲。

「所以啊，阿嬤是不能搬過去的，但是你不同，你已經長大了，不需要阿嬤來照顧，阿嬤只有小學畢業，沒才調教你，應該是要由阿爸來教導了，所以你要去跟阿爸住才對啊。」

川楓聽著聽著，不知是因為之前打了個呵欠還是怎樣，他的眼眶中突然湧出淚水，於是他連忙把頭轉開，偷偷用手把淚跡輕輕擦掉，

川楓不希望讓阿嬤看到他掉眼淚。

「你免擔心阿嬤啦，阿嬤雖然老了，但還是很勇健哩，一個人住沒問題的，再說你們也住得很近啊，想阿嬤的話可以常常回來看看。」

川楓背對著阿嬤側身躺著，沒再出聲。

「阿楓……，你睏去了喔？」阿嬤輕聲喚道，見川楓沒有反應，阿嬤喃喃自語說：「囡仔就是這麼好睏哩，聽聽就睏去了。」

隔沒多久，川楓再次聽到身後處傳來，多年來他最熟悉的鼾聲。

3

母親的日記本

雖然母親不在了，但是爸爸還是會定期送川楓到外婆家玩、或是小住幾日。外婆跟沒結婚的美琳阿姨住在一起，直到最近這一年，外婆家又多了一個來幫忙的外籍看護，珍妮。

以前川楓不大喜歡到外婆家玩，因為外婆常常愁眉苦臉的，有時會看著他嘆氣、甚至會掉眼淚，川楓常覺得外婆似乎不是在看著他，而是透過他，看著已經過世的女兒。面對這麼悲傷的外婆，川楓覺得無力也很無奈，他實在不知道該如何安慰她才好。

但是最近幾年外婆的記性越來越不好，最近川楓很吃驚的發現，外婆連他是誰都記不起來了。

除了失去記憶這件事，外婆的身體看起來很正常，甚至是很健康的。美琳阿姨說，外婆現在還是會依照自己以前的習慣，堅持每天清

晨都要去公園做運動、早上要去市場買菜，但因為頭腦發生了問題，外婆有時候會在半夜的時候起床要跑出去，說該去做運動了；或是去菜市場買菜的途中迷路，找不到回家的方向。

所以，珍妮的存在就很重要了，她要一天二十四小時陪伴著外婆，以防她走失、跌倒，或是不知不覺的走在馬路中央；她也要照顧外婆的飲食，因為外婆有可能會忘了吃午餐，或是吃過午餐卻忘了，一吃再吃；外婆也開始會有大小便失禁的問題，有時候會忘記去廁所，尿在褲子上，所以外婆房間裡的收納櫃打開，裡面是滿滿的一排成人紙尿布。

「外婆得的是什麼病？」川楓無法想像，為什麼一個好好的大人會退化成小貝比的樣子呢？

「是老人痴呆症。」美琳阿姨說。

「所有的老人都會得嗎？」川楓有點擔心的問道，他想到相依為命的阿嬤，阿嬤看起來跟外婆差不多老。

「不一定，你放心，不是所有的老人家都會得。」

「那為什麼外婆會得呢？」川楓想知道得這種病的原因，就像抽菸可能會導致肺癌，喝酒可能會導致肝癌，如果知道原因，他就能提醒阿嬤注意，也許可以及時預防老人痴呆症的發生。

「我問過醫生這個問題，」美琳阿姨說：「但是他也不知道致病的真正原因是什麼，這就是現代醫學的極限，對某些疾病，我們不知道它發生的原因是什麼，也不知道該如何醫治。」

「外婆最後會怎麼樣呢？」川楓擔心的問道。

「說真的，我也不知道，」美琳阿姨的表情變得凝重起來：「我現在試著不要想太多，只要想著現在該做的事就好，其他的，就交給上帝。外婆最後會死，而其實不光是她，我們所有的人，最後都會死，只是時間早晚的不同而已。」

川楓不只一次思考過死亡這個問題，因為母親難產過世，使得他比一般同齡孩子更早的體會到，死亡的無解與威力。

「阿姨，人死以後會到哪裡去？」川楓很謹慎的問道。

「川楓，你這問題好大啊，也許有朝一日你可以去問問得道的上師，阿姨我只是一個平凡人，對於死亡這件事，算是一無所知。」

川楓不知道什麼是「得道的上師」，他想，周圍唯一能回答這個問題的，就是他已往生的母親，但因為母親已經完全從這世界上消失了，她不可能再給川楓什麼具體的答案。

「媽媽，妳到哪裡去了呢？」川楓常常會獨自看著天空發呆，想著媽媽可能是到雲端上方的世界去了，雖然他的理智說不可能，但在內心深處，他很希望真的有那樣一個世界，一個人死以後可以繼續存在、相聚的世界，那麼有一天，他跟媽媽就可以在天上的世界碰面。

川楓上網找了一些關於老人癡呆症的資料，他發現這種病還有另外的一些名字，如失智症、阿茲海默症，而且看起來的確是無藥可醫，病人只會忘記更多的事情，越來越退化。

川楓想，現在外婆的記憶裡，還有媽媽的存在嗎？他感覺到，過去的外婆很為失去這個女兒而悲慟著。現在，她的記憶逐漸遺失了，川楓才想到，該把握時間好好問一問外婆，關於媽媽的成長故事。

川楓知道外婆目前的狀況，不可能一次回答他所有的問題，所以他決定利用暑假的時間過去多多陪伴外婆，也許可以從外婆不經意的談話中得知媽媽的更多故事。

還好外婆家並不遠，那是一棟離川楓家約五個捷運車站，外加十分鐘步行距離的三十年老公寓。外婆家住在二樓，有個非常大的陽台，種了蘭花、九重葛、軟枝黃蟬與桂花。小時候，川楓常見到外婆悉心的在照料著這些花花草草，現在，照料植物變成是珍妮與美琳阿姨的工作。

川楓已經是個即將升小六的學生了，他可以不用每次都麻煩爸爸接送，獨自到外婆家玩。

川楓把採訪的構想告訴了美琳阿姨，她大表贊成，但是對於外婆

是否能清楚說出媽媽的成長故事，則不怎麼有把握。還好她也可以貢獻一些記憶中可及的，對於這個姊姊的印象，不過因為媽媽比美琳阿姨大了十多歲，她最初記憶裡的姊姊已經上了國中。

美琳阿姨是一個劍及履及的行動派，川楓才跟她提到這個想法，過了兩天正好是星期六，她就立刻要川楓過來一起整理「媽媽的房間」。

「媽媽的房間」是媽媽出嫁前住的房間，現在是專門堆放雜物的空間，裡面有冬天要用的電暖氣、被子、吸塵器、行李箱，以及堆疊起來高高的、內容物不明的整理箱。

川楓探頭進去，看到美琳阿姨坐在一個大整理箱前，她手裡拿了很多信件，笑咪咪的跟川楓說：「你看！這是你媽媽收過的情書

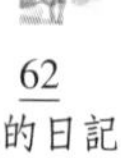

喔。」

「這是我爸爸寫的嗎？」川楓看著手上的信封字樣，龍飛鳳舞的，有幾封信的封面還是用毛筆寫的。

「怎麼可能？這麼多耶，而且我沒記錯的話，你爸爸沒寫幾封信給你媽，他都是靠打電話。」

「有這麼多人寄情書給媽媽啊？」川楓覺得有點不可思議，媽媽是校花嗎？他現在也開始會去注意班上一些漂亮、成績出色的女生，但是注意歸注意，他並沒有採取什麼行動。

「對啊，我記得姊姊念書時，家門口常有一些男孩子會來站崗，他們當中還有些人會賄賂我耶，送我一包乖乖還是一根棒棒糖，要我幫忙叫姊姊出來。」

「媽媽那時候有交男朋友嗎？」川楓有點好奇。

「我不知道耶，不過那時我有當過小信差，幫她跟一個男生傳信。那也只是偶爾的時候，姊姊叫我幫她把信送到巷口，交給一個男生，那男生也會要我把他寫的信交給姊。現在回想起來，那的確有一點像在談戀愛。」

美琳阿姨繼續說：「這些信都有二十年以上的歷史了，你母親剛過世時，我們捨不得把它丟掉，不只信，還有她沒出嫁前寫的隨筆日記，我們都想留著，等你長大以後交給你保管。你沒有見過母親，沒有聽過她說過自己的心情，但是透過這些文字記錄，也許你可以稍微了解她一點。」

「我現在長大了嗎？」川楓傻傻的問。

「當然還沒啊，你還是個小孩子，所以這些信還不能交給你，以免你想入非非，只想到要交女朋友，都不念書了。」

阿姨把散落的信件用橡皮筋一疊疊捆好，放入整理箱內；把一本本筆記本、日記本排好。此時，川楓看到箱底躺著一本白色塑膠封皮的筆記本，那白色已經有些微的泛黃，上面繪有可愛但有點掉色的兔子跟小貓，川楓迅速把它撿起來，翻開來看。

筆記本的第一頁最上方貼了一張亮晶晶的娃娃貼紙，旁邊寫著：「今天是新年的第一天，希望這一年能達成每天寫日記的目標。」最下方寫著：「民國六十九年一月一日　林美茹」。

「耶，這是什麼？」阿姨把頭湊過來，她瞄了一眼頁面上的字跡然後驚呼：「這是姊小時候的日記本耶，那時候她應該是……」阿姨

默默在心裡計算了一下，然後瞪大眼睛，衝著川楓大喊：「那時候的她跟現在的你一樣大喔！」

阿姨不客氣的由川楓手中奪走那本筆記本，快速的翻了好幾頁，她一邊翻一邊念念有詞：「哇，真是太有趣了，沒想到姊姊這麼勤勞，這麼小就會每天寫日記啊。」

川楓在一旁，心中也有些許的激動：這是媽媽小時候的日記耶！真沒想到，在這麼偶然的時刻，他會找到媽媽小時候的日記本。

媽媽小時候、尤其是在他這個年齡的時候，都在想著、在做著什麼事呢？川楓盯著那本封面已有些泛黃的日記本，出神的想著。

「川楓，這本現在就給你保管。」

阿姨迅速翻過日記後，用乾布將封面仔細擦拭過一遍，鄭重的把本子交到川楓手上：「想想看，真的很神奇耶，寫這本日記時的你的母親，跟現在的你年齡一樣大，這真的是一個奇蹟似的巧合，喔不，搞不好並不是什麼奇蹟，而是冥冥中註定的一件事，也許是你的母親早就安排好的。」

川楓帶了日記本回家，有時間就翻開來看，他發現母親真的很認真，沒有漏掉的，每一天都有寫日記，即使有時候偷懶，至少也會寫上幾句鼓勵自己的話：「很抱歉今天偷懶沒有好好寫日記，主要也是因為沒有發生什麼大事。請繼續為我加油，明天再見了。」

在元旦這一天，媽媽寫到關於一年的新希望，她說：

希望這一年功課能進步到前十名，媽媽能答應讓我去學畫畫。

媽媽也寫到即將要當姊姊的心情：

今天開始放春假了，不用去上學真好，但是春假作業好多喔，我得趕快寫完，才能安心出去玩。

媽媽的肚子一天一天大起來，現在就像一座小山丘一樣。我的弟弟或妹妹就住在裡面，感覺真神奇。非常期待能看到他，等他生出來以後，我要幫他洗澡喔。

媽媽這裡寫到的，外婆肚子裡的小貝比，就是美琳阿姨吧。

媽媽也寫到了學校生活，她說：

有時候我不喜歡去上學，但是身為小孩的我哪有什麼選擇呢？就算是沒興趣的事情，只要大人要我去做的，就只能去做，沒辦法說不。其實看漫畫比寫功課有趣多了，長大以後有沒有一種職業只要看漫畫就能賺錢的呢？好像不大可能。我剛剛很努力的集中精神，很快的就把功課寫完了，等一下就可以去租書店看尼羅河女兒。

想不到爸爸口中非常認真的母親，對於上學也並不怎麼喜歡，川楓忍不住笑起來，因為即使是別人眼中品學兼優的他，對於學業的想法跟母親真有點像，他並不總是很喜歡，但因為責任感、榮譽感很強

烈的關係，川楓會鞭策自己盡量做到好。

看了幾篇日記以後，川楓想起來，他有一本母親的畢業紀念冊，那是幾年前美琳阿姨找出來要他好好保管的寶貝之一。當時川楓確認過母親小時候的長相後，就放在櫃子的底層，不曾再拿出來翻閱。此時他忽然興起一個念頭，想再仔細的看一看母親國小畢業的樣子。

他把畢業紀念冊找出來，翻到「六年二班」的位置，想要找到媽媽的臉。他在印滿母親同學大頭照的某個框框底下，看到了一個熟悉的名字：「劉東臨」。劉東臨？這不是爸爸的名字嗎？他趕緊看向名字上方對應的大頭照，是一個理著平頭、笑得有點靦腆的男孩子。他長得跟現在的爸爸幾乎一模一樣，只是縮小變成了一個小孩子。

川楓想起來，爸爸在信中曾說過，他是媽媽的小學同學，所以才會出現在媽媽的畢業紀念冊上。

川楓在跨頁的另一端看到媽媽林美茹的大頭照，媽媽留著長頭髮，紮成麻花辮垂在胸前，她黑白分明的眼睛透過紙面看向川楓，左側臉頰上笑出了一個淺淺的酒窩。

川楓同時看著自己年幼的父親、母親的照片，突然產生了一種神奇的感受：他們好像穿越了時空的阻隔，從無生命的紙本當中走了出來，來到川楓面前，一起注視著他。

那注視當中有一股深沉厚實的支持力量，像是在說：「親愛的孩子，我們也曾經跟你一樣，你並不是孤孤單單的一個人。」

有很長的一段時間，川楓不知道有人陪伴是什麼滋味，雖然阿嬤總是無微不至的照顧著他，爸爸也會常常來探望他，也有妹妹喜歡找

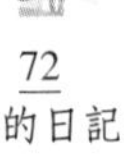

他一起玩，還有疼愛他的阿姨及外婆……，但是這些碰觸，似乎都無法真正來到川楓的心裡面，他永遠無法忘記自己在人生的初始便失去了母親，無法忘記父親為了建立新家庭而離開他的事實。

但是此時此刻，他看著曾經跟他年齡相當的父親、母親，感覺在他們的注視包圍之中，成為他們的一份子。這種感覺很奇妙也很神祕，突然，他不再覺得自己是孤獨無依靠的，自己一個人活在這世界上。

從此以後，媽媽的日記本跟這本畢業紀念冊，成為川楓的寶物。每當他感覺情緒低落、無力時，就會把這兩樣寶物拿出來，為自己補給「能量」。

4

川櫻的心願

才剛去過六福村後不久，有一天晚上川楓接到爸爸的電話，電話那一頭的父親聲音透露著緊張與急促，他要川楓趕快找阿嬤過來聽。

這通電話讓川楓有種不祥的感覺，不知道發生了什麼事了？於是他把話筒交給阿嬤之後，故意逗留在客廳裡，有一搭沒一搭的翻著故事書，一邊豎起耳朵來，想要偷聽大人之間在講什麼。

阿嬤接過電話不久，臉色變得很凝重，她口中一直喃喃自語：「唉，是造了什麼孽啊，這麼可憐……」

阿嬤掛了電話後，對川楓說：「明天早上你沒事的話，跟我去一趟醫院。」

「誰在醫院裡？」川楓緊張的問。

「是小櫻啦，今天下午昏倒了，送到醫院去。這個囡仔，命怎麼

這麼不好，我一世人都沒聽過，怎麼囡仔會得到糖尿病呢？這款病不是老人家得的嗎？你妹妹可憐，你阿爸也可憐，生了一個囡仔怎麼這麼難帶啊，做人父母的心裡有多難受。」

阿嬤說完後，就去公媽桌上香祈禱，川楓看著阿嬤俯身祭拜的背影，想到上週跟川櫻一起去六福村遊玩的快樂時光，她照例又是跟前跟後的，川楓跟爸爸一起去坐雲霄飛車時，川櫻也堅持要一起去，儘管她很膽小，很怕向下俯衝的驚悚感覺，但是她寧願縮起身體跟著哥哥一起坐，他到哪兒她就一定要到哪兒。

前幾天看起來還很活潑可愛的川櫻，此時卻躺在病房裡。川楓不明白，她不是都有按時打針嗎？為什麼還會昏倒送醫呢？

這變故來得太急也太突然了，因此那天晚上川楓翻來覆去的，睡

不著。他聽到阿嬤爬起來好幾次，去客廳裡講了幾次電話，可能是因為情緒太激動了，音量不知不覺的拔高起來，言談中盡是對新媽媽的不滿。

「我就在想不透，怎麼好好的囡仔會突然發病了？果然，我問妳阿兄，他才承認就是他們夫妻吵架，妳那個大嫂是氣瘋了還是怎麼樣，自己離家出走，把女兒丟給鄰居照顧。我一世人沒聽說過有這種粗心的母親，光顧自己生氣，囡仔出代誌怎麼辦？還好人是救回來了，沒有生命危險，天公伯保佑啦。」

阿嬤應該是在跟某位姑姑講話，宣洩情緒。川楓知道川櫻發病的始末之後，對這個妹妹又生出了一些憐惜。

目睹父母大吵，媽媽離家，又突然被託給鄰居照顧，那時川櫻的

心中應該是感到很害怕、很不安的吧，也許突然病倒也是基於這樣的心理因素，孩子病倒以後，父母才能暫時放下彼此的紛爭與歧見，攜手齊聚在孩子的病榻面前。

川楓突然感到十分愧疚，覺得自己對這個唯一的妹妹，其實是漠不關心的，也許在心的深處還討厭著她，生氣她奪走了他的父親，忌妒她一出生就在母親的呵護下長大。

聽到阿嬤掛上電話，往房間這裡走來時，川楓趕緊閉上眼睛。他暗自下了決定，明天去看川櫻時，一定要好好的跟她道歉。

隔天早上，川楓與阿嬤一起坐計程車去醫院。川櫻住在一間單人病房裡，新媽媽正在講故事給川櫻聽。

川櫻一看到阿嬤與川楓，就立刻笑了開來，蘋果臉的紅潤度雖然

不比從前，但還是非常晶瑩可愛。

雖然新媽媽也露出笑容打招呼，但是她的笑容顯得有點僵硬、有點勉強，而且她的黑眼圈非常深，可能是因為昨夜通宵照顧川櫻，沒有睡好。

阿嬤還抱著川櫻，「心肝乖乖孫」的講了好些鼓勵的話，還說：「病趕快好，出院了以後，阿嬤買玩具給妳喔。」

「真的嗎？阿嬤！我要買芭比娃娃。」川櫻兩眼閃閃發亮。

「當然是真的啊，阿嬤說話算話。」

川櫻高興的摟住阿嬤，親了一下阿嬤的臉。

新媽媽在此時起身對阿嬤說：「媽，要不然請妳在這裡照顧一下川櫻，我下去福利社買一點吃的上來。」

「啊，我跟妳一起去好了，人雖然老了，多走動走動還是比較好，」阿嬤轉頭囑咐川楓：「要好好照顧妹妹啊。」

阿嬤與新媽媽一起走出了病房後，川楓移到阿嬤剛剛坐的位置上，這樣他可以更靠近川櫻。

「現在還會覺得不舒服嗎？」川楓問道。

「不會啊。呵呵，哥，我告訴你一個祕密喔，不可以告訴爸爸和阿嬤，」川櫻湊近川楓的耳朵，小聲的說：「是我故意不吃東西的，還一直告訴自己要昏倒、要昏倒喔，結果果然昏倒了。」

川楓吃驚的看著自己年幼的妹妹，這麼一個可愛純真的小女孩，怎麼會做出這種事呢？

「川櫻，妳怎麼這樣？」川楓直起身子來，一股憤怒的感覺在胸

口中燃燒起來：「妳知道阿嬤有多擔心嗎？爸爸一定也是的，妳怎麼可以這麼任性啊？」

他想起自己昨夜那種忐忑不安的心情，深怕從此失去了妹妹，深怕自己再也沒機會打開心房，好好表示對她的關心……，川楓直到很晚很晚才入睡。他沒辦法想像，這一切竟然是她的惡作劇，川櫻竟然會拿自己的生命跟周遭的人開玩笑。

「對不起啦，哥，」川櫻拉著川楓的手臂，露出楚楚可憐的樣子：「因為爸爸媽媽最近都在吵架耶，吵得好兇，我真的覺得好煩喔，哥，我好想去住阿嬤家。」

爸爸一直在跟新媽媽吵架？川楓回想起以前爸爸和新媽媽還住在阿嬤家時的情景，阿嬤跟新媽媽常在冷戰，家裡氣氛很糟。當大人吵

架時，小孩子是不可能置身事外的，川楓的心中瞬間又湧進了對川櫻的同情。

「要來住阿嬤家是一回事啊，但怎麼可以故意讓自己生病呢？這樣實在太不乖了。」川楓板起臉孔來教訓著川櫻。

「哥，因為我在想，只要我一生病，媽媽就會回家，爸爸媽媽也不會一直吵架了，」川櫻說著說著，眼眶逐漸紅了起來：「媽媽常說要跟爸爸離婚耶，說了好幾次喔，昨天早上，媽媽一邊哭一邊在收包包，然後把我送到隔壁阿姨那邊，說晚上爸爸會來接我……，我看著媽媽的臉，她的表情很奇怪，我覺得她好像真的要走了，不會回來。我哭了，請求媽媽不要走，但是她都沒有理我喔。」

川櫻擦乾眼淚繼續說道：「哥，我常常會想，是不是我死掉比較

好呢？因為我生病，媽媽照顧我很辛苦，所以她常跟爸爸吵架，她都說她『好累』。如果我死了，爸爸媽媽應該就可以和好了吧。」

「妳怎麼會這樣想呢？如果妳死掉，阿嬤會很難過的，爸爸、媽媽也都會很傷心，還有我，」川楓看著川櫻，這個長相跟他不怎麼像的小女孩，是他在世界上唯一的妹妹，他們雖然由不同的母親所生，身體中卻流著同一個父親的血。

川楓已經失去了母親，他不想再失去一個妹妹。

「如果妳死了我會很難過，會超級超級的難過！所以妳千萬不能想去死！」川楓大聲說道。

川櫻怔怔的看著川楓，似乎被他突如其來的激動表現而驚嚇到了。

「對不起，我不是故意的，我對妳不夠好，都是我的錯。」川楓趕快向妹妹道歉。

「哥哥為什麼這麼說？你對我很好啊，我有一個最好的哥哥了……」川櫻拉起川楓的手，反過來想要安慰自責不已的他。

「不，只有我自己知道，以前的我並不像表面上那樣喜歡著妳，並不真正的是一個好哥哥，在很多時候，我其實是很討厭妳的，巴不得妳消失掉……」川楓的心在喃喃自語著，像小老鼠一般的罪惡感正在咬嚙著他的心。但是面對著什麼也不知道的川櫻，他不能夠再多說什麼，也許繼續努力扮演一個好哥哥的角色，就是對川櫻最好的補償。

「所以我好想搬過去跟哥哥、阿嬤一起住喔，但是我這樣說會惹

媽媽不高興。」川櫻委屈的說道。

「妳有跟阿嬤說過嗎？」川楓問。

「有啊，但是阿嬤說不行耶，她沒辦法再多照顧我一個了，但其實我可以自己照顧自己啊，我都可以自己打針了。哥，我好羨慕你喔，我覺得阿嬤偏心啦，都比較喜歡哥哥，不喜歡我。」川櫻嘟著嘴巴說道。

川楓無法想像，自己竟然是妹妹羨慕的對象。如果她是羨慕他有健康的身體也就算了，但她竟然是羨慕他得跟阿嬤住的「特權」。

川櫻對於自己擁有父母雙方的照顧與呵護這件事，似乎沒有太大的感覺。也許很多有雙親照顧的孩子都是這樣，認為這一切都是理所當然的，不知道擁有一個完整的家其實也是一種上天的眷顧與庇佑。

並不是所有的孩子都可以在父母親的呵護下長大，有些人可能年幼的時候就失去了母親，有些人可能失去了父親，或是雙親都不在而變成了孤兒。就譬如川楓，他從來沒能親眼看看自己的母親，親身感受母親溫暖、充滿愛意的擁抱，所以很小的時候他就體會到，什麼是人生裡永遠也無法彌補的「缺憾」。

但是他沒有辦法跟川櫻分享這一些，川櫻太小了，而且他也還是一個孩子，無法把自己的體會說明得很清楚。況且，川櫻也有著屬於她的、無法彌補的缺憾——永遠都不能痊癒的疾病。但是她沒有被打敗，在他面前她總是開開心心的活著，看到這樣的川櫻，他就覺得其實不用再多說什麼了。

「阿嬤沒有偏心啦，她昨天聽到妳住院了，擔心得都睡不著覺

喔，一大早就把我挖起來說要過來看妳了，妳不要誤會阿嬤，她之所以不答應妳搬來住，是因為怕媽媽傷心吧。」川楓說。

「媽媽真奇怪，為什麼同意你跟阿嬤住，就不同意我跟阿嬤住咧？真不公平。」川櫻鼓起腮幫子，氣呼呼的說。

「因為阿嬤年紀大了，恐怕沒辦法好好照顧妳吧，」川楓說：「再說媽媽很擔心妳的身體，就算交給阿嬤照顧，她也沒有辦法放心。」

川櫻不知道，川楓跟她是同父異母的兄妹，他們的母親並不是同一個人。這件事瞞了她六年了，不知道何時會被戳破，而大人們其實也並非刻意說謊，只沒選擇主動說出真相而已。

「川櫻，其實能跟爸爸媽媽住在一起是一件很幸福的事耶。」川

楓對妹妹說：「我是因為要陪阿嬤，所以不能搬去跟你們一起住，但其實我才很羨慕妳呢。」

「哥，要不然你就跟阿嬤一起搬過來，這樣我在家裡就不會那麼無聊了。」川櫻認為自己想到了一個兩全其美的辦法，喜孜孜的說道。

「阿嬤不想搬離老家啦，川櫻，妳別想這麼多，好好養病比較重要。」

「這樣，那我們是不是永遠都不能住在一起啊？我好想跟阿嬤與哥哥住在一起喔。」川櫻失望的說。

「川櫻，你這麼不喜歡爸爸媽媽嗎？」川楓有點擔心的問道。

「不是啦，不是討厭爸爸媽媽，我只是好怕聽他們吵架，聽他們

說要離婚，哥哥，他們會離婚嗎？」川櫻小小的臉蛋上出現一抹憂慮。

「我也不知道。」川楓說。他知道川櫻害怕的感覺，因為他也曾經有同樣的恐懼：害怕爸爸離開他。結果爸爸果然還是離開他了，在別的地方建立了新家庭，現在這個家庭卻面臨破碎的邊緣，川楓無法了解，為什麼大人的世界會是這樣？

第一次，川楓感覺到川櫻跟他有著同樣的命運：在很小的年紀，就被迫得面對大人無力解決的僵局——一個破碎或瀕臨破碎的家庭。在這種局面底下，孩子們是最無力的一群，他們除了接受大人行為的後果之外，別無選擇，而且，他們不知不覺中承襲了父母心中的罪惡感，彷彿父母之所以不幸，都是自己的錯。

川楓不知道自己跟妹妹為何會有這樣的罪惡感，會覺得是自己的錯？而其實，他們都不是能做選擇的人，任何一個小孩，都希望同時擁有爸爸媽媽的照顧，都希望自己的家庭幸福完整，沒有一個小孩會希望父母親建構的家庭破碎，走上分離的道路。

「不過，不管爸爸媽媽怎麼樣，我都會保護妳的。」川楓說。他有點驚訝自己會這麼脫口而出，是因為川櫻可憐無助的模樣嗎？還是因為他終於真的把川櫻當成了妹妹？

「啊，我有一個最棒的哥哥了！」川櫻高興的抱住他，還在川楓臉上親了好幾口，令川楓有點不好意思起來。

回家以後，川楓拿出媽媽的日記本，翻到在二十多年前，與今天同樣日期的一頁，媽媽寫道：

有一個妹妹的感覺好奇妙，她紅紅的、軟軟的躺在床上，好像剛出生的兔子。我雖然很想抱她，但又不敢抱她，怕把她摔到地上去了！她大部分的時候都在睡覺，醒來就哭哭要喝奶，拿洋娃娃給她看她都沒反應耶，她還不知道怎麼玩玩具。

我常喜歡陪著妹妹，她沒睡覺的時候，我會在她旁邊，跟她說話，我都會告訴她：「我是姊姊喔。」但是妹妹只會睜著大眼睛看著我而已，她真的好小喔，什麼時候我才能跟她一起玩呢？

不過，雖然妹妹會吵，媽媽因為要照顧妹妹比較忙，都會要我幫忙做家事，但我還是好喜歡她耶，好高興我真的當姊姊了！

「媽媽，我也好高興自己今天終於像個哥哥了，請在天國的妳好好保佑川櫻，還有爸爸跟新媽媽，讓他們不要離婚……。」川楓對著日記本喃喃自語的說道，他相信，媽媽一定會好好保佑他的妹妹，以及她跟爸爸的家。

5

爸爸的眼淚

有一天晚上，爸爸下班後到阿嬤家吃晚餐，那一晚爸爸都不大講話，只是顧著看報紙與看電視，跟往常會主動找川楓問東問西的爸爸不大一樣。一直到晚上十一點，川楓跟阿嬤要上床睡覺了，爸爸還沒有要回家的意思。

「你是怎麼了，不回去睏了嗎？」阿嬤問。

爸爸坐在客廳裡一邊按著遙控器轉台，一邊淡淡的說，要在這裡住個幾天。

「怎麼可以這樣？吵歸吵，還是要回家啊，」阿嬤不高興的說，她一邊回頭趕川楓上床去睡覺：「緊去睏，大人講話小孩不要聽。」

川楓雖然聽話進房間躺上床，耳朵還是豎起來，努力聽著房外傳來的，阿嬤跟爸爸的對話。

「我跟你講，那天在醫院裡淑惠有跟我講一些心事，她一個女人在家照顧孩子，又是一個有病的孩子，心裡是很苦的，你要讓她一點，男子漢大丈夫，跟她計較什麼？這世人兩人要做夫妻不是一件容

易的事，這個某也是你自己選的，現在怎麼樣？後悔了嗎？那囡仔怎麼辦？阿楓已經沒了媽，你再叫阿櫻沒爸爸嗎？」

爸爸悶不吭聲。

「我講話你有在聽嗎？我老了啦，管不動你們年輕人，但你也要為囡仔想一下，阿櫻身體不好已經很苦了，你跟淑惠再鬧離婚，叫那囡仔多難過，我看她那次住院就是因為你們，心病啦，看父母整天這樣吵吵吵不生病才奇怪咧。」

爸爸依舊不作聲。

「我真是歹命，上輩子不知道造了什麼孽，老了也不能享清福，」阿嬤說：「算了，我去睏了，你自己的事情自己看著辦，反正你也不會聽我的。你以前那間房的衣櫥裡有草蓆跟床墊，自己拿出來

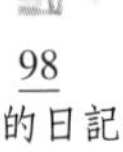

鋪一鋪，電視不要看太晚，早一點睡啦。」

阿嬤說完後不久就進房間來，躺在床上。她一邊打著扇子，一邊嘆了好幾口氣。

等到阿嬤的鼾聲傳來後，川楓終於也迷迷糊糊的睡著了。但是他睡得並不安穩，做了很多夢，其中一個夢是夢到他尿急，想上廁所，但是就算找到了廁所，上了半天卻沒有辦法消除膀胱的壓力，他上了一間又一間，感覺還是一樣。

川楓就在膀胱的壓迫感中醒了過來。

原來真的是想尿尿了，川楓趕緊跳下床，到廁所去。也許是睡前喝的那杯草莓牛奶導致的吧，果然還是要聽阿嬤的話，睡覺前不要喝太多水才好。

川楓上完廁所，總算覺得輕鬆多了，他光著腳在冰涼的地上走著，心中記掛起心情不好的爸爸。

他躡手躡腳的來到書房，意外發現半掩的房門後透出一束燈光。是爸爸，川楓偷偷把房門推開一點點，看到他坐在書桌前，桌上攤著他當年留在阿嬤這裡的相簿。就川楓記憶所及，那本相簿裡收藏的都是爸爸跟媽媽的照片。

此時的爸爸，手肘撐在相簿上，兩隻大大的手掌覆蓋住臉，肩膀在微微的顫抖，川楓不很確定的，聽到一陣經過強烈壓抑的微小的嗚咽聲。

爸爸哭了嗎？

川楓趕緊把門掩上，快步的跑回他跟阿嬤的房間，躺在床上的川楓心臟還怦怦的直跳著。

川楓從沒看過父親哭泣，他跟爸爸之間的對話也往往只是觸及實務層面，就是食衣住行育樂方面的問候，再加上對功課的關心。唯一的一次心靈的交流，是爸爸寫的有關媽媽的那封信。讀了那封信之後，川楓才知道，爸爸對於媽媽的死是那樣自責、那麼的無法原諒自己。

因為親眼看到爸爸哭泣，這讓川楓對父親昇起了真正的同情。他想著總是看不出情緒起伏的父親，心中到底隱藏了什麼樣的傷痛呢？他是否也跟自己一樣，無法對任何一個人說出真正的心情？

川楓突然產生了一層體悟：大人並不是完美的，在很多時候，大人也跟小孩一樣，不能把事情處理得很好，甚至也會把事情搞砸，造成各種傷害。

看到這樣無能為力、真情流露的父親，反而使川楓放下多年來梗

在心中的，對父親當年拋下他去建立新家庭的憤怨。因為爸爸根本不知道該怎麼做會比較好，而且直到現在，仍為這個選擇而痛苦著，川楓又怎麼忍心，再責怪這樣一個無助又悲傷的父親呢？

第二天爸爸去上班以後，川楓把媽媽的畢業紀念冊拿出來放在書桌上，希望爸爸晚上回家進房以後能看到。他翻到六年二班的大頭照跨頁處，在上面貼了一張便利貼，便利貼上寫著：

爸爸，這是我在外婆家找到的畢業紀念冊，上面有爸爸跟媽媽小時候的照片。同時看到你們兩人的照片讓我覺得很開心，心情不好時也總能安慰我。爸爸，希望這照片也同樣對你有用！

川楓

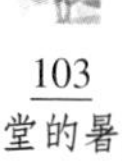

6

媽媽的抉擇

美琳阿姨非常投注於自己的工作，已經過了三十歲，還沒有男朋友。

以前外婆頭腦還清楚時，常會叨念美琳阿姨怎麼不趕快去交個男朋友，甚至常想要安排她去相親，但美琳阿姨總是拒絕。有一次她萬不得已去相親時還把川楓叫出來，說：「帶你去吃一頓好吃的喔。」偷偷帶著他去赴約。

那位陌生的叔叔看到還有個小男孩當電燈泡，臉部表情立刻垮下來，連川楓都覺得吃得有點尷尬，只有美琳阿姨像個沒事人一樣，津津有味的吃著眼前的大餐。

外婆失智後，不再會強迫美琳阿姨去相親，但仍會時不時的問：「我的小女兒結婚了嗎？」

美琳阿姨就會回答：「她結婚了啦，別擔心。」

有一次川楓小聲的問她：「為什麼要騙外婆呢？」

「這樣她才能安心啊。」美琳阿姨也小聲的回答。

美琳阿姨雖然沒有結婚，但卻總是精神煥發的出現在川楓面前，不像爸爸，或是新媽媽，他們有時候會顯得很疲倦，或是心情很不好。從這一點來看，川楓不明白外婆為什麼一直要美琳阿姨結婚？

川楓是個男生，不會像某些小女生，常會把「我要跟誰結婚」放在嘴巴上，如川櫻，才六歲的她常常會突然抱住川楓的肚子說：「我長大後要跟哥哥結婚喔。」讓川楓覺得超級尷尬。

但是他已經十二歲了，開始會對班上的一些漂亮、聰明的女生產生好感，偷偷注意她們的一舉一動。他有時也會看著某個喜歡的女生，頭腦裡胡思亂想著：「以後我的老婆會是什麼樣子？」

看到爸爸為自己的婚姻問題如此困擾著，川楓有一天趁著到外婆家的時候，問了美琳阿姨一個大問題：「人為什麼要結婚呢？」

「為了要建立家庭、生小孩。」

「那阿姨為什麼不結婚呢？」川楓繼續問。

「我沒有一定不結婚，只是沒遇到喜歡的人，只要遇到對的人，我就會結婚了。」美琳阿姨說。

「所以媽媽是爸爸『對』的人囉？」

「應該是吧，要不然怎麼會結婚、生下你呢？」

「如果是『對』的人的話，為什麼還會要離婚？」

「你是說誰？你爸爸要跟你的新媽媽離婚嗎？」

川楓點頭。他想，如果當年媽媽沒有因為生他而過世，今天爸爸跟媽媽也會吵著要離婚嗎？

「我只能說婚姻這種事很複雜，一對伴侶要在一起生活個三、四十年，甚至更久。現在的你能夠想像

三、四十年以後的自己會變成什麼樣子嗎？所以，當初『對』的人，到後來可能變得不怎麼對盤了。」

聽美琳阿姨這麼一說，川楓忽然覺得婚姻的確是很不簡單，他現在才十二歲，還無法想像自己長大以後是什麼樣子，更不用說到老年的時候。但是一對伴侶，如爸爸媽媽，孩子們總是會希望他們永遠在一起。這個「永遠」橫跨了數十年的光陰，直至死而後已。要現在的自己為數十年後的自己做出承諾，的確不是一件容易的事。

「我還記得當年姊姊要結婚時，我才念高中而已呢，不過因為姊跟姊夫已經交往很久了，所以我跟姊夫也算熟。」美琳阿姨說：「姊夫這個人算是不錯，對我們一家也很照顧，又有天生的幽默感，我早就把他當作是一家人看待了，但是在他們結婚前夕發生了一件事，這

件事是我親眼目睹的，非常令人震驚，說實在到現在為止，我也只有告訴過你媽媽而已。」

「什麼事呢？」川楓雖然不知道實際的事件是什麼，但是從美琳阿姨的表情與語氣裡，已經可以感受到那件事情的分量，一定不是一件微不足道的小事，川楓有感覺，也許是一件可能危及爸媽關係的重大事件。

美琳阿姨默默的看了川楓好一會兒，她是在思索，應該告訴川楓這件事嗎？

「我覺得我不能僭越這個分際，有一些事情，你不知道比較好，尤其，現在留在你身邊的是你爸爸，」美琳阿姨說：「總之，當時我告訴了姊姊這件事，那時他們婚紗照是拍了，但還沒真正進入婚禮的

籌備階段，若要及時喊卡也不會驚動太多人，以我來說，當時根本無法諒解姊夫，對他的評價降到最低，也真心希望姊姊不要跟他結婚。但是，姊姊在考慮了一夜之後，居然還是決定繼續婚禮的籌備，至於她是不是有找姊夫把事情談開，我就不知道了。

「我這個姊姊，平常的表現是很溫柔婉約，脾氣好得不得了，其實在骨子裡，非常有自己的主見。只要是她決定的事，就不會改變。她也不管事情做起來會不會困難重重，就是會憑著一股毅力堅持的走到底，就像日本的阿信一樣。我媽常會擔心她是不是把自己逼得太緊了、苦水都往肚子裡吞？她永遠給人一種『不用擔心我，我很好』的感覺，這點你真的跟你媽完全一樣。

「姊終於還是決定結婚，這讓我很不能理解，我那時還在想姊是

擔心自己嫁不出去嗎？追她的人明明很多呀，為什麼非姊夫不嫁？畢竟我那時還是個青少年嘛，對於是非對錯的判斷還很絕對，不能接受人生當中有所謂灰色、中間的模糊地帶。

「我還記得，是她結婚前最後一個星期假日，她找我出去一起散步。那時我還不大情願喔，因為不能接受姊姊的決定而生氣到那種程度，這也是一種青少女奇怪的堅持吧。

「那天散步的時候，姊姊鄭重的跟我道了謝，還跟我鞠躬喔，這樣的大禮，我怎麼受得起？她是我姊姊耶。她說很感謝我這麼關心、在意著她，她完全能感受到我的心意，也知道我是為她好，她很抱歉自己不能照我的期待去做。

「我覺得很不解，我的期待有什麼重要呢？重要的是她的幸福

啊，她確定嫁給姊夫會幸福嗎？我當時連珠砲的責問了她一頓，好像自己變成了她的姊姊一樣。

「姊姊的回答很經典喔，現在我將這些話告訴你，希望你能夠放在心裡，長大以後，再拿出來細細體會——

「她說：『我是為了愛而結婚，並不是為了得到幸福而結婚的。』

「當時的我雖然頭腦上無法理解，但是內心卻受到極大的震動——怎麼說呢？因為我終於明白姊是這樣愛著姊夫，所以不管姊夫做了什麼事情，都不會真正的傷害到她。這邏輯很奇怪喔，但是當時姊的表情、語言，乃至於整個人的呈現，就是給我這種感覺，充滿了力量與無畏。這讓我覺悟到自己的擔心根本是多餘的嘛，不管姊姊的選

擇是什麼，我都應該百分之百相信她。」

川楓靜靜的聽著，雖然美琳阿姨所講述的內容，所謂的愛、幸福、婚姻，其實遠超過他這個年紀所能理解的範圍，但是他卻聽得很入迷，像是在聽一個故事，但又遠比聽一般的故事要專注凝神，因為，那是媽媽的故事。他甚至有一種奇異的感覺，感覺媽媽似乎正透過美琳阿姨的敘述，一字一句的深入他的腦海裡，逐漸的，摶出有血有肉的形貌。

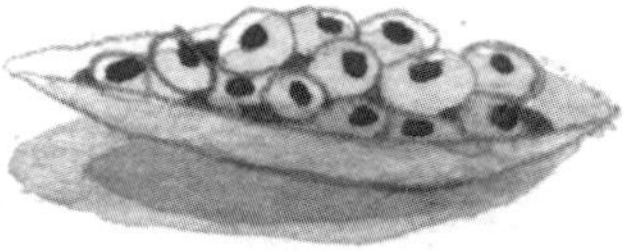

「姊過世以後，我才真正原諒了姊夫。為什麼呢？因為他居然完全變了一個樣子。你好可惜沒有看過，你父親本來是很愛耍寶的，是個有點孩子氣的陽光男孩，他時不時會變出一些小把戲把大家逗樂，連我都有點懷疑這個姊夫是不是有一點過動啊。但是，姊走了以後，他臉上的陽光就徹底消失了，由一個男孩變成了陰鬱的中年人，彷彿姊姊一死，連他的青春與歡樂也一併帶走了。這時我才知道，原來他跟姊之間的感情是如此深厚，難怪姊姊堅持要與他結婚。

「所以川楓，雖然你的母親沒能陪你長大，但是，你跟很多幸福的小孩一樣，都是爸爸與媽媽愛的結晶。」

川楓看著地上，彷彿母親的形體正躺在那裡安息。媽媽雖然死了，但是她的愛永遠存在，就像被黑夜覆蓋過去的日光一樣，沒有那被隱藏住的日光，萬物不可能生長。同樣的，若沒有媽媽的愛，川楓不可能出生，也不可能健健康康的長到這麼大。

「阿姨，謝謝妳告訴我媽媽的故事。」川楓說。

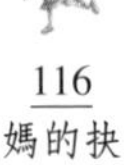

「不客氣。我很想看你寫好的作文喔。」美琳阿姨說。

「一定會給妳看的。」川楓與美琳阿姨勾勾手，並且蓋了一個大印章。

7

外婆的祕密

暑假逐漸接近尾聲，川楓所有的暑假作業都已經完成，只剩下這篇關於母親的作文沒寫。現在的他已不排斥寫這篇作文，而且，對於母親的了解與認識正在與日俱增當中，只是面對攤開的稿紙時，川楓常不知道該從何處下筆。

也許是因為這篇作文是有關於母親的，所以他特別患得患失，希望一下筆就是一篇好文章。

這一天下午上完英文課後，川楓臨時決定到外婆家。為了完成這篇作文，他這個暑假主動到外婆家的次數，可說是破了以往的記錄。

雖然外婆失智了，不記得許多事，但她至少還記得自己生了「林美茹」這個女兒，因為她常常會把美琳阿姨誤認成川楓的媽媽美茹，而且不管阿姨怎麼糾正，外婆總還是會繼續說著要對美茹說的叮嚀。

在那些叮嚀裡面，川楓的媽媽有時是還在努力工作的單身女郎，有時是準備考大學的高中生，美琳阿姨相信，外婆所說的都是曾經發生過的事，只是她的時間序位完全錯亂了，記憶就像開在磚牆上的野花，找到縫隙就會用力竄出，而不管它的排列先後。

外婆有時候會清醒過來，知道眼前的人是美琳阿姨，記起她已經失去了另外一個女兒。但在多數的時候，美茹依舊活在她的世界裡，只是有時候由美琳擔當，有時候由珍妮擔當。

他到外婆家的時候，美琳阿姨還沒下班。珍妮正在幫外婆按摩雙腿，外婆舒適的躺在沙發上，閉著眼睛，一動也不動。

「外婆，我是川楓，我來看妳了。」川楓湊近外婆的耳朵旁，小聲的說道。

外婆睜開眼，看著川楓。她不要珍妮幫她按摩了，自顧自的坐起來，她很仔細的看著川楓的臉，好像在端詳著某個第一次見到的陌生人一樣。

「你說你是誰？」外婆問。

「我叫作川楓，我是妳的孫子。」

「孫子？」外婆喃喃的說道：「我有孫子嗎？那你是誰的孩子？」外婆迷惑的看著川楓。

「我是妳女兒，林美茹生的孩子，也就是妳的孫子。」川楓繼續說道。

「美茹？對喔，美茹，我怎麼很久沒看到她了？她到哪裡去了？怎麼都沒來看我？」

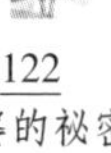

「她去出差了，要好幾天後才會回來。」川楓依照美琳阿姨的說法這樣告訴她。

川楓已經習慣外婆這樣反反覆覆的狀態，她有時不認識他，但在之後的某一刻，她又會記起他，主動叫喚他的名字。一開始時，川楓也很吃驚，甚至會感到難過，但是，他現在已經將外婆的病當作是她的一部分一樣，完全接受了它。雖然川楓有時還是會感到困惑不解，以前他所熟悉的那個好外婆，究竟到哪裡去了呢？

珍妮想趁著黃昏的時候，天氣沒那麼熱，帶外婆到附近的公園走走，順便吃點點心，川楓舉雙手贊成。

當珍妮在廚房裡切水果時，川楓在客廳裡陪外婆聊天，原本是川楓想要問外婆關於媽媽的一些小故事，但是現在卻變成外婆在問他各

種問題，諸如：「你叫什麼名字？」、「你幾歲？」、「爸爸媽媽呢？」、「有上學嗎？」、「現在是幾點？」、「等一下我們要去哪裡？」，而且不斷重複。即使川楓回答過了，那些答案也沒辦法在她腦海裡停留太久，彷彿她腦海裡有一塊橡皮擦，一下子就把寫上去的答案統統擦拭乾淨了。

川楓曾經問過珍妮：「照顧外婆會不會很辛苦？」珍妮搖頭說不會。她以前還照顧過完全癱瘓的病人，以及有躁動傾向的痴呆症患者。外婆算是一位很乖的病人了，情緒問題不嚴重。

珍妮細心的幫外婆擦上防曬乳液，幫她戴上帽子，才扶著外婆下樓去。其實七十多歲的外婆除了關節有點不好之外，身體很硬朗，根本不需要人攙扶，也不需要使用助行器。但她上街時會主動拉著珍妮的胳膊，眼睛也會追隨著珍妮的身影，不會自己隨便亂走。

於是川楓忍不住會想，外婆知道自己生病了嗎？知道自己有可能會迷路？所以會這樣依賴著珍妮的帶領？川楓常常覺得，外婆依賴珍妮的程度，就像是小孩子依賴著保母一樣。

年輕的珍妮是年長外婆的保母？這種聯想非常怪異，但是連美琳阿姨也承認，自己母親的心智已經退化成為嬰幼兒的狀態。雖然她的外表仍跟過去一樣，是一個正常的老太太，但是她的行為表現已與過去大不相同。於是美琳阿姨跟川楓有同樣的困惑：以前那個能幹堅強的母親到哪裡去了呢？

公園裡有小孩子在玩溜滑梯，也有像外婆這種年紀，甚至是比她更老的老人家在大樹底下乘涼。那些老人家有些坐在輪椅裡面，歪著頭打瞌睡，或是茫然的看著遠方。在那些老人家的身後，有幾個皮膚顏色較深的外籍看護，用川楓聽不懂的語言，在嘰嘰咕咕的談笑著。她們一看到珍妮，都舉起手來打招呼。

珍妮扶著外婆坐在一棵大榕樹下的椅子上，從帆布袋中拿出切好的西瓜與抹上花生醬的力茲餅乾，將餅乾交給川楓後，用叉子插起一小塊西瓜，要餵給外婆吃。

但外婆此時突然把頭轉開，清楚的說：「我會自己吃！」一邊說著，一邊把手伸了出去。

珍妮有點吃驚，不過看到外婆如此堅持，她順從的把叉子交到外婆的手上。

外婆拿著，並不急著吃，而是往外勞聚集的方向努了努嘴，跟珍

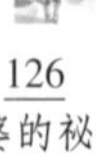

妮說：「我自己吃，川楓會陪我，妳去跟朋友聊聊天。」

「老太太……」珍妮露出遲疑的神色。

「快去，我要跟我的孫子講祕密。」外婆堅定的說。

川楓目睹這一幕感到很驚訝，外婆是怎麼了？突然清醒了嗎？之前連他是誰都搞不清楚的外婆，此時又突然清楚的叫出他的名字，還要告訴他一個祕密？

外婆是真的糊塗了嗎？

恰好有一個深色皮膚的女人走過來，似乎想找珍妮聊天。珍妮看了看外婆、又看了看川楓，她臉上有一些愧疚，但又有著與同伴相聚的興奮，然後她跟著朋友離開了祖孫倆的視線。

外婆不同於往常，像個無助的幼兒那樣，眼睛一直追隨著珍妮；

而是抬起頭，瞇著眼睛看著從葉子的縫隙中篩落下，一小束一小束刺目而金色的陽光，她盯著陽光與藍天看了好久。

川楓很好奇，外婆到底在想什麼呢？她要告訴他什麼祕密？

「外婆，要跟我說什麼祕密呢？」

川楓等了半天，見外婆都沒有要說話的意思，於是主動問道。

「祕密？」外婆轉過頭來看他，臉上再度露出迷惑的神情。

「剛剛，妳是這樣告訴珍妮阿姨的。」川楓想，外婆的頭腦畢竟是生病了，她怎麼可能還記得什麼祕密呢？

「對、對，我年紀大了，記性真的很差，」外婆拍拍自己的額頭，笑咪咪的說：「對，我今天早上看到我那個好久不見的女兒，美茹，她總算來看我了。」

「妳是說我媽媽嗎？但是她已經……」川楓聽了覺得不可置信，但他又無法當面糾正外婆，因為自從外婆生病以後，家人就約定好，別在她面前提到這個女兒已經往生的事實。每當外婆問起、或是抱怨起「美茹到哪裡去了？怎麼都沒來看我」時，大家的說法都是：她去上班了、出差去了，要好幾天才會回來等等。

「對，她今天有來，一大早的時候，」外婆很肯定的說：「我還沒起床，她就坐在我床沿，握著我的手。」

「那……，媽媽有說什麼嗎？」川楓小心翼翼的問道。

「她跟我說對不起，好久沒能來看我，今天她好不容易能夠過來。」外婆說著，眼睛彷彿在盯著某個川楓看不到的畫面：「她要我好好保重身子，別擔心她，她在另外一個世界過得好好的。」

川楓沒搭腔，他聽著外婆說的話，雖然那當中透著荒誕、不可思議，彷彿是一個喪失心智的老人的胡思亂想，但是聽在耳中的字與句，卻逐步構成了一個立體的畫面，有空間，有時間，有了具體的氛圍。川楓忽然有一種感覺：也許，那並不是外婆的胡思亂想，而是，媽媽真的穿越了某種生死的介面，來到了外婆面前。

「我就跟她說：『其實我沒有關係耶，我是一個已經快死的老人，很快就可以在天上跟她碰面，可憐的是我的孫子，他一生出來就沒有媽媽，爸爸又再娶了，由阿嬤帶在身邊。這孩子特別乖、特別懂事、特別早熟。但我有點擔心這孩子太成熟懂事了，他心裡的苦，要跟誰說去啊。』」

川楓聽著，眼睛慢慢泛紅了，眼淚從眼角處滲出，滑落。他連忙用手背擦去眼淚，不希望讓外婆看到。怎麼說呢，川楓自己也感到有些意外，突然有一個人，說出了他一直放在心裡的感覺。這感覺並不總是清晰的，常常是模模糊糊，要他說明他其實也說不清楚，但卻會實際的影響著他的情緒。川楓沒有想到，已經失智的外婆能有這樣的穿透力，竟然能替他把心中的感覺說得那麼透徹清楚。

「美茹就哭了，她一直在哭呢，她說她也好捨不得自己的孩子，但無奈壽命就是那樣短。這是老天爺的安排，每個人的壽命都有定數，人除了接受自己的命運，別無他法。」外婆看著天空喃喃說道，忽然，她轉過頭來定定望著川楓，這幾年來一直顯得混沌迷惘的眼睛，忽然像被雨水洗過的天空一樣，變得澄明透徹。

「川楓，我一定要告訴你一些話，唯有說完這些話，日後我才能

安心的走。」外婆說：「也許只有我適合跟你說這些話，因為我是生你母親的人，但是過去一段時間裡我實在太悲慟了，沒有辦法想到你。孩子，我想你的爸爸也是一樣，也許到今天他都不能原諒自己，所以他無法照顧你。孩子，別怨恨我們這些軟弱無能的大人啊。」

川楓睜大眼睛，看著外婆的雙眼，再也無法習慣性的把目光轉開。

川楓一向不習慣看著別人的眼睛，連跟別人面對面談話時，他也不喜歡與人四目相望。他總是看著地上，或是看著別的地方，這樣可以讓他感覺自在些。

川楓隱隱約約的知道，眼睛真的是靈魂之窗，所有靈魂裡的祕密，都可以透過眼睛洩漏。他不想要看到別人的祕密，也不想讓別人看到他的祕密。他很習慣單獨待在自己那狹窄而安全的小房間裡，希望任何人都不要發現他、打擾他。

但此時此刻外婆的眼睛，就像是他在照片裡看到的，媽媽的眼睛。那雙黑白分明的眼睛像是會催眠一樣，把川楓帶入了一個神奇的世界。

在那個世界裡，川楓彷彿回到了更小的時候，他舉目四望，看到一團又一團、模糊的影像在移動，有一些聲音，在他的周遭繚繞起伏。

川楓跟隨著那些聲音的來源轉動他的頭，他覺得有一點飢餓，很想被某個溫暖的懷抱圈住。但是那些聲音、影像都在他身邊來來去去，沒有要靠過來的跡象。

川楓覺得很難過、很無助，他好像被困在某個無法自主、無法清楚表達的嬰兒的軀體裡了，除了放聲大哭以外，他不知道還能夠怎麼表現自己的失落與需要。

川楓的眼淚簌簌落下，那眼淚像是從胸口的深處湧出，如潰堤的河水，滔滔不絕，無法控制的漫向他的雙眼，再從眼眶處流淌出來。他感覺那滔滔不絕的眼淚的來源，正是自己的心，此刻川楓的心就像痙攣了一樣，正在抽搐、疼痛不止。

有一種真實而殘酷的感覺在他心裡浮現，事實上，這種感覺對川楓而言一點也不陌生，只是它隱身成為他心理狀態的一部分，不容易分辨、不容易察覺，就像是一首聽得太熟的背景音樂，詞曲反而變得模糊不清。

這個感覺在說：「我是一個沒有人要的小孩，因為我害死了自己的母親。」

他是從何時產生了這種感覺呢？是打從他知道母親死因的那一刻？還是確知爸爸拋下他離家的那一刻？川楓很驚訝的發現，他竟然對自己說出這麼殘酷的話，而且此時的他，完全無法反駁這充滿殺傷力的字句，因為，事實擺在眼前，母親就是生他時難產過世，然後傷心的父親，在他六歲那年拋下了他，到外面建立了另外一個新家庭。

這真相實在太令人難受了，川楓再度閉上眼睛，回到可以隱藏一切的黑暗世界裡，他看到某種陌生而又熟悉的情緒風暴襲捲而來，就像電影當中的龍捲風一樣，而他是曠野裡失去遮蔽的小孩。

川楓站得筆直的，完全沒打算要逃跑，他不害怕風暴的襲擊，反

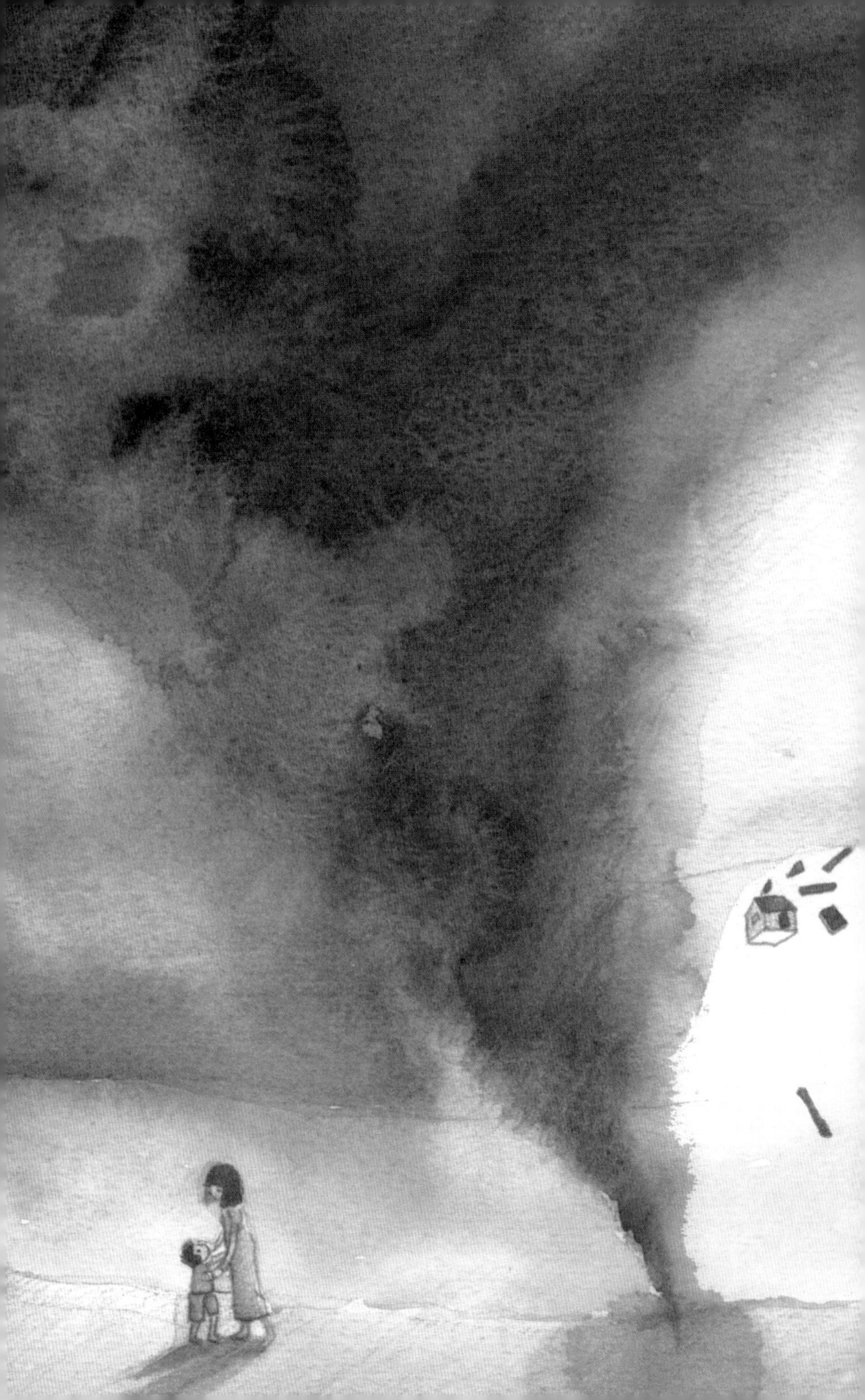

而期待風暴來到面前，然後徹底將他帶走。

被風暴捲上去的那一刻，川楓失去了重力的感覺，完全無法思考，頭腦裡一片空白，他的眼瞼似乎被風沙與碎石填滿，完全無法張開眼睛，甚至無法呼吸，只感覺整個世界都陷入一片無法穿透的黑暗。

「媽媽，我好想跟妳走！」川楓分明的聽到自己的內心爆發出這一聲吶喊。

「孩子，你醒醒！張開眼睛！看著我！」外婆攬著川楓的肩膀，一隻手用力拍打他的臉：「深呼吸！」

川楓睜開眼睛的時候，看到一張放大的、外婆焦急的臉，以及外婆身後，那一片燦爛奪目的金黃色陽光。

川楓感覺到自己的臉上濕濕滑滑的，身上汗濕了。他還有些不由自主的顫抖，一方面頭腦裡不斷迴盪著：「我怎麼了？」。川楓不明白，怎麼大白天裡清醒的一個人，會夢到晚上曾做過的惡夢呢？

外婆抱著川楓好一會兒，然後才緩緩說道：「川楓，你一定要記住，再難過的時候都不要閉上眼睛，沉浸在負面的想法裡，這樣只是讓自己更難過而已。如果你能張開眼睛，勇敢面對所有難受的處境，譬如好好的看向你心中的母親，就會知道她真正的期望是什麼。」

外婆捧起川楓的臉，繼續說道：

「好孩子，雖然你母親不在了，但我們的血緣是一脈相承的，我們臉上都有彼此的神情、相似的五官。透過我，你一定可以看到你的母親，又或者你靜下心來看著鏡子裡的自己時，一定也可以瞥見到你

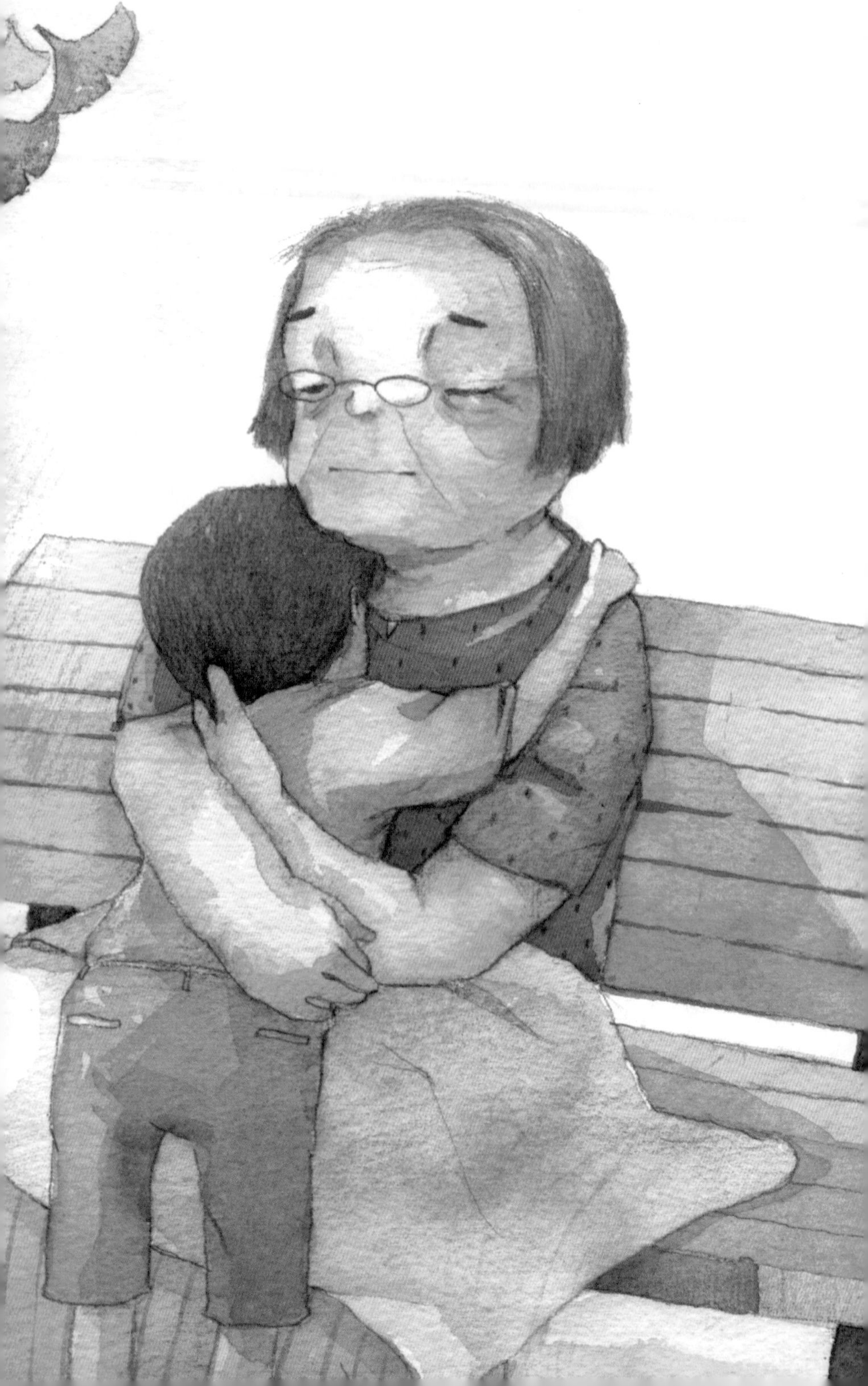

的母親。

「美茹告訴我，她希望你不要再責備自己了，她的死是因為她的時間到了，而不是因為生下你。如果你真的愛媽媽，想媽媽，就做一些好事來紀念她，這樣，她才會真正感到高興。」

川楓再度凝視著外婆的眼睛，那眼睛裡還有一雙眼睛，那是媽媽的眼睛。媽媽正透過有同樣血緣的外婆，無限慈愛的看著他，川楓忽然完全明白了媽媽的真正期待是什麼——

好好的活下去，愛你的生命。我的孩子，這就是你對我最好的回饋。

川楓的眼淚再度簌簌落下，但這一次，他忘記了自己過去所有的習慣，沒想到要趕快擦去淚跡以掩飾情緒，也沒想到要去質疑這一切

的發生會不會太荒誕怪異，他誠心誠意的，抱住外婆，把頭埋在她溫暖的胸膛上。

現在的川楓，不再會分神去想這個擁抱是不是得自媽媽的，因而再次感覺到自己與生俱來的缺憾。他終於明白，即使媽媽的肉體不在，但她會透過所有的人、所有的擁抱來滋養她的孩子。所以，川楓與擁有母親陪伴的孩子一樣，都是幸福、擁有著滿滿的愛的小孩。

「川楓！」

叫喚他的聲音由遠而近，有人輕拍著他的肩膀。

川楓睜開眼睛的時候，發現自己雖然是坐著，但整個身體卻往右傾，斜靠著外婆厚實的身軀。他花了一點時間清醒過來，才能確定現在是什麼時間，而自己又身在什麼地方。

現在是黃昏時分，他坐在外婆家附近的一處公園裡的椅子上。

川楓伸了個懶腰，揉著眼睛，看到珍妮正在幫坐在一旁的外婆擦臉。外婆的眼睛半睜半閉著，嘴角的口水無法控制的往下滴落。

「我睡著了嗎？」川楓問珍妮。

「對啊，你剛剛跟老太太靠在一起睡著了。」珍妮說。

那麼，剛剛的一切發生都是夢嗎？川楓心中產生了一絲不安。

「外婆！」川楓拉拉外婆的手，外婆的眼睛睜大了些，但是看到川楓的她，並沒有任何反應。

「外婆，謝謝妳！」川楓真誠的說，因為剛剛外婆說的那段話，瞬間解開了他心中的緊箍咒，現在的川楓，有著一種如釋重負的輕盈感。

但是外婆瞇著眼睛看著眼前的男孩好一會兒，她臉上再度出現困惑的神情：「你是誰呢？」

川楓深吸了一口氣，看到外婆又回復到之前失智昏聵的模樣，他心裡也產生了極大的困惑：剛剛他所經歷的，是發生在真實世界裡的，還是在夢的世界裡呢？

剛剛的外婆，如此清明、如此有力量，就像是一個神力女超人，與眼前流著口水、忘了孫子長相的老太太，根本不像是同一個人。

但是，現在的川楓已不想再去追究事情的真假，重要的是，他知道了怎麼做才是紀念媽媽的最好方法，而且他深深相信，不管是在現實生活還是夢的世界當中，剛剛他所聽到的，就是外婆最想要告訴他的「祕密」。

8

阿嬤的煩惱

爸爸在阿嬤家已經住了兩個星期，但絲毫沒有要回家的意思。星期假日的時候，新媽媽開車過來，放下川櫻之後就轉身離開了，沒有跟爸爸多說什麼。川櫻喜孜孜的背著她的Dora包包衝進來，開心的跟川楓說：「我要在這裡住一天喔。」

爸爸跟川櫻擁抱時，看得出來他非常開心，但是當他聽到川櫻問了一個問題時，臉孔立刻垮下來。

川櫻問：「爸爸，你要在阿嬤家住多久啊，明天媽咪來接我時，你跟我一起回家吧。」

「對啊，川櫻好乖，帶爸爸一起回去。」阿嬤在一旁幫腔。

爸爸鬆開了他的擁抱，站起來，臉色難看的說：「爸爸最近比較忙，這禮拜不行。」

「爸爸真不乖，都不回家。」川櫻鼓著腮幫子，氣嘟嘟的說。

「好啦，川櫻別擔心，阿爸最近工作比較忙，等他忙完了，阿嬤我會送他回家的。」阿嬤一邊笑咪咪的跟川櫻解釋，一邊揮著手要川楓過來：「帶妹妹去玩吧。」

川楓想，阿嬤急著把他們兄妹倆支開，大概又想對爸爸訓話了吧。於是他把川櫻帶到書房時，就把房門關上，以免川櫻聽到爸爸跟阿嬤間的對話。

川櫻帶了一整套的醫生玩具過來，又用白紙折了一個帽子，戴在自己的頭上。她還命令川楓把自己的絨毛玩具貢獻出來，當她的病人；川楓當然也是她的病人之一，不過要先幫她操作玩偶。

等她都把病人看過一遍，又包好藥包讓病人們帶走之後，已經過

了一個多小時了。川楓很佩服這個妹妹玩家家酒的創意，這一年來，他已經陪她玩過早餐店、當過中醫生、玩過理髮沙龍，還開過幼稚園。川楓已經過了喜歡玩家家酒的年齡，但還是喜歡陪川櫻玩。他有時看到川櫻幼稚好笑的行為時會想到自己：我小時候也是這樣嗎？

玩完醫生遊戲時，川櫻嚷著肚子餓了，必須要吃東西。兄妹倆打開房門，看到阿嬤在廚房裡洗菜切菜。川櫻拿出她的特製餅乾，一屁股坐在餐桌椅子上，大口吃了起來。

「別吃太多啊，等一下要吃午飯了。」阿嬤叮嚀著。

「我知道啦，」川櫻左右張望著：「爸爸呢？」

「出去了。」阿嬤說。

「去哪裡呢？」川櫻打破砂鍋問到底。

「去加班了。」阿嬤的語氣裡有一點心虛的感覺。

「妳騙我，阿嬤，」川櫻冷靜的說：「爸爸才不是去加班呢。」

川楓跟阿嬤都嚇了一跳，他們想不到，平常總是嘻嘻哈哈、喜歡撒嬌耍賴的川櫻，此時竟會這樣說。

「爸爸是偷跑掉了，他討厭媽媽，也討厭我。」川櫻一邊說著，一邊豆大的淚滴掉下來，跌碎在桌子上。

「怎麼會？」阿嬤把手擦乾，走過去抱住川櫻：「乖孫，別這樣想，親生的阿爸怎麼可能會討厭妳呢？」

「那他為什麼都不回家？我來了他也不陪我？」川櫻抹著眼淚說道。

阿嬤張口結舌的，一時之間也不知道該如何回答。

這時川楓接話了：「爸爸心情不好，所以沒有陪妳啊，這兩個禮拜他也都沒有陪我。」

「爸爸是因為媽媽心情不好嗎？」川櫻擔心的問著川楓。

「我也不知道，」川楓說：「不過妳別擔心大人的事嘛，好不容易有機會住阿嬤家，就開開心心的玩吧，我都會陪妳玩的。」

「還是哥哥最好！」川櫻終於破涕為笑，把頭靠在川楓的身上。阿嬤看著川楓，露出了讚賞的笑容。

晚上九點半川櫻睡了以後，爸爸回來了，他身上有很重的酒味。他搖搖擺擺的走進阿嬤的房間，盯著川櫻睡熟的臉龐看了好一會兒。

阿嬤把爸爸推了出來，要他趕快去洗澡，以洗掉渾身嗆鼻的酒味。

川楓正在客廳打電動，但是他打得不大專心，一直在分神留意著爸爸的一舉一動。然後他看到阿嬤滿臉愁容的走了過來，一屁股坐在他身邊。

「阿楓，別玩太晚，等下你阿爸洗完後你就去刷牙洗臉，要準備去睏了。」阿嬤撿起沙發上下午曬好收進來的衣服，一邊折一邊叮嚀著川楓。

「爸爸還好嗎？」川楓關心的問道。

「我不知道啦，唉，我都不知道該怎麼說，」阿嬤皺著眉頭說：「你阿爸有時候像小孩子，真的很任性，但他都四十多歲了，自己還不會想，我能管他嗎？管不動了。」

川楓盯著電視螢幕沉默不語。

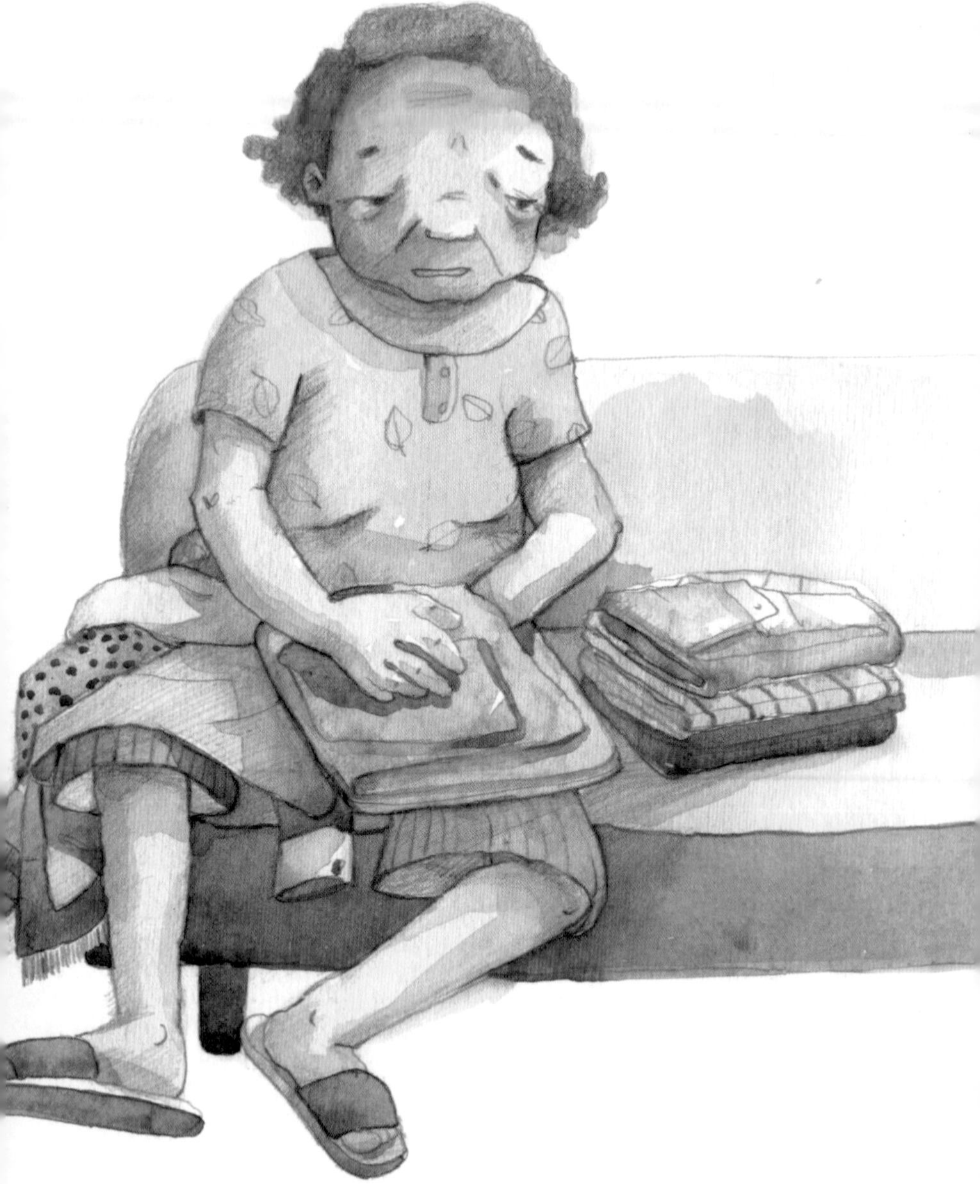

「倒是你，阿嬤今天聽到你這樣跟阿櫻說心裡很歡喜，真的是長大了，懂得體諒大人，照顧妹妹，阿嬤沒有白疼你，很感心。」阿嬤佈滿皺紋的臉上露出笑容。

「阿嬤，妳過獎了啦。」川楓不好意思的說。

「我看你最近是有比較開心，不像以前，總是悶悶的。你要不要告訴阿嬤，有什麼好事發生了嗎？」

「嗯……，」川楓停頓了一下，終於還是決定實話實說了：「是因為媽媽的關係。」

「媽媽？」阿嬤覺得很疑惑。

「是我的親生媽媽啦，」川楓說：「老師要我寫一篇有關媽媽的作文，要去採訪媽媽身邊的親人，好好的認識她，這段時間，我知道

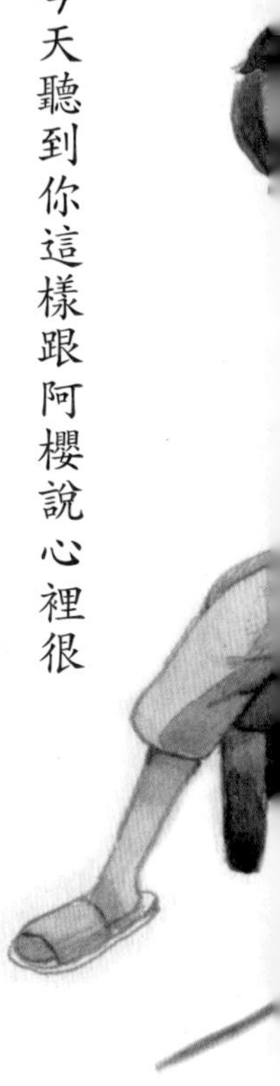

了很多以前所不知道的，媽媽的故事。」

「是這樣啊，」阿嬷點頭：「唉，我以前都不敢在你面前講到你阿母，就怕你難過。對你阿爸我也是這樣，因為啊，你阿爸真的很喜歡你阿母，她往生的時候，我好擔心你阿爸會活不下去，還好他後來又再娶了，但是，沒想到今天會是這局面，唉。」

「阿嬷，你還記得我媽媽的事嗎？」

「當然記得啊，說真的，你阿母是一個很好的女人，很乖、很賢慧、又很打拼，你喔，不管長相或是個性都跟你阿母很像，這是天公伯保佑，給她留下了一個好孩子，對一個女人來說，也算是不枉這一生。

「那時你阿爸帶她來給我看，我唯一有點擔心的，就是她的身軀

瘦小，看起來不夠勇壯。我還曾擔心過她壽命不久長，沒想到後來真的是這樣。

「你阿母嫁到我家的時間並不很長，我們也沒有像母女的那種緣分，但是她對我總是很恭敬，跟她說什麼事都點頭說好，所以相處起來沒什麼問題。

「她往生的時候，我很怨很難過。天公伯怎麼沒長眼？讓一個這麼年輕的人過世，留下你還有你阿爸，一個大男人要如何帶著一個嬰仔過下去啊？雖然有我這個老母可以幫忙，但是我年紀不輕了，什麼時候會走也不知道，到時候你要怎麼辦？你阿爸如果再娶了，後母會對你好嗎？那時候真的是整天胡思亂想，煩惱得不得了。

「等你阿母的後事辦好了，我跟你阿爸去醫院把你帶回來，那時

候的你還沒有滿月！說實在，我有幾十年沒照顧過小嬰仔了，看到這麼小的你，真的會有點怕自己不能把你帶好。但那時沒有退路可走了，你阿母往生，你阿爸又要上班，我這個做阿嬤的哪有時間可以怕呢？做不來也得做。還好天公伯保佑，你健健康康的長到這麼大，我算是沒有漏氣，可以向你的阿爸阿母交代了。」阿嬤說。

川楓完全知道，這十二年來阿嬤帶他的辛苦。阿嬤已經跨入了七十大關，但仍要跟一般年輕的母親一樣，負起照顧、教養他的責任，那體力與心力的付出，是外人難以想像的。

小的時候，阿嬤常一手拉著菜籃車，一手牽著他到菜市場裡去買菜。做飯的時候，她裝了一個大臉盆的水放在廚房的地上，要川楓幫忙撿菜、洗菜、沖洗不大髒的碗盤，順便教他認識手上的蔬菜瓜果的

名字。

每天，她都會帶川楓出去散步，去公園裡找其他的小朋友玩，遇到她認識的花草樹木，就不厭其煩的告訴川楓它們的名稱、怎麼種、可以怎麼利用，久而久之，川楓都記了起來。

晚上的時候，阿嬤也會跟川楓講睡前故事，不過她講的並不是圖畫書裡的故事，而是她小時候在鄉下成長的故事，阿嬤小時候家裡窮，除了三餐之外，零食都要自己想辦法，所以她曾在田裡抓泥鰍，在溪裡摸過蜆仔，到處去摘可以吃的野菜、野果子吃，也把由竹子上抓來的筍龜烤來吃。這些稀奇古怪的經驗遠超過川楓所能想像的，他就像在聽童話故事那樣聽得津津有味。

阿嬤認識的字不多，她自己也沒有看書的習慣，但是常常會帶著

川楓去社區裡的圖書館，要他自己借喜歡的書來看。等川楓上了學以後，學校的親師活動爸爸不一定都有時間參加，但阿嬤每一場都會參與，她不大會發問，但都很認真的聽老師說明孩子在校的情況。

說實在，阿嬤並不知道什麼叫做「教育」，但她盡全力的，用心的在帶著川楓，所以雯雅老師曾當著全班同學的面前說過：「川楓有一個很棒的阿嬤喔。」

曾經，川楓有這樣的擔心：在學校日的親師活動中，跟同學們年輕又有知識、有品味的爸媽相比，他又老又土的阿嬤會不會顯得有點丟臉？但是自從聽到雯雅老師這樣公開的讚美阿嬤後，川楓悄悄放下了自卑的心情。

他回想著自有記憶以來，阿嬤帶他做過的所有的事，心中自然湧

現出了一股感激：今天大家都稱讚我是一個品學兼優的好孩子，而我之所以能夠成為被大家稱讚的對象，百分之八十以上都是阿嬤的功勞。

「阿嬤，我有沒有跟妳說過，老師曾經在班上說，我有一個世界上最好的阿嬤！」

「哎喲，這樣講就歹勢了，老師是在說笑吧。」阿嬤呵呵的笑著，耳朵竟然紅了。

「老師當然是說認真的，而且，我也是這樣認為。」川楓認真的說。

「你很乖啦，天公伯有保佑，你阿母也在天上看顧著你，所以，帶你我免操什麼心。只是你阿爸喔，」阿嬤一說到川楓的爸爸，臉色

又沉了下來：「唉，我希望他趕快回家啦，不要弄到後來無法收拾，我很擔心你妹妹，你看這囡仔這麼聰明，大人是怎麼樣她都清清楚楚，騙不了她。如果……，唉，我都不大敢想。」

阿嬤的眉頭又皺起來了，川楓不知道該說什麼話來安慰阿嬤，其實不只阿嬤，他心裡也記掛著川櫻跟爸爸，尤其是爸爸，外婆說，他的爸爸至今都因為妻子的過世而無法原諒自己。爸爸是因為這樣，所以才無法跟新媽媽和平相處嗎？

川楓胡思亂想著，他在心中向天上的母親祈禱著：「親愛的媽媽，請像幫助我那樣，幫幫爸爸吧。」

9

爸爸，求求你

第二天早上，川楓發現爸爸好像變回了原來的他，看到阿嬤、兩個孩子會主動打招呼，也願意花時間陪他們兄妹倆玩。然後爸爸帶他們去百貨公司買玩具，他給川楓買了一個高鐵火車站，給川櫻買了一個森林娃娃屋，兄妹倆都開心得不得了。

吃過中飯後，爸爸送川櫻回家，去了許久許久。川楓跟阿嬤原本以為爸爸搞不好想通了，就這樣跟川櫻一起回家，暫時不會過來，結果沒想到將近吃晚飯的時候爸爸又出現了，而且手上多了一包行李。

「你怎麼又回來了？」阿嬤問道。

「媽，我回家來住吧。」爸爸說。

「那淑惠跟川櫻怎麼辦？你跟她們是怎麼說的呢？」阿嬤又驚又氣。

「媽，你別擔心啦，我跟淑惠講好了，她也同意的。」

「你不把我氣死是不甘願嗎？一個人怎麼這樣固執？」阿嬤低頭沉默了一會兒，然後說：「算了，我不管了，個人造業個人擔，我老了，也想享點清福，以後我不會再問你了。」阿嬤嘆了一口氣，又再嘆了一口氣，川楓覺得她糾結的臉好像又老了好幾歲。

當天的晚餐，一家三口都吃得沒滋沒味。阿嬤整餐飯都沒有跟爸爸說話，只是偶爾幫川楓夾了幾筷子的菜。爸爸的表情雖然沒有阿嬤那麼沉重，但也不可能開心得起來。川楓則覺得心裡有點涼涼的感覺，他想到川櫻，不知道她現在的情緒會不會也很糟。

吃過飯後，爸爸忽然開口邀請川楓一起去散步。川楓看了看阿嬤，她兩眼盯著電視裡的綜藝節目，沒有要表示意見的樣子，於是他便跟爸爸一起沉默的走出家門。

今天晚上的氣候還算舒適，晚風吹在身上涼涼的，抬頭往天上看，可以看到幾顆很明亮的星星，月亮則像是被整齊的削去一半的蘋果片一樣，懸在天邊，盈盈的透出半月的光華。

在阿嬤家的附近，有一個社區公園，以前川楓小的時候，阿嬤常帶他到這裡玩耍、散步。現在川楓長大了，反而較少到這公園來了。

公園裡有一些老人家跟歐巴桑在聊天、乘涼，也有年輕夫婦帶著年幼的孩子在溜滑梯。像川楓和爸爸這樣年紀組合的父子檔，倒是絕無僅有。

爸爸選了一張位置較僻靜的椅子，與川楓肩並肩的坐在一起，川楓想，上一次跟爸爸這樣坐在一起是什麼時候？感覺起來好像是好久

好久以前了。

「川楓，你要寫的那篇作文寫好了嗎？」爸爸打破沉默，開口問道。

「才剛剛開始寫一點點而已。」川楓說。

「你寫好後我很想看呢。說實在，我應該早跟你多聊聊你媽媽的事，只是我……太忙了，我實在是不怎麼合格的爸爸。」爸爸說。

是太忙嗎？川楓覺得爸爸並沒有說實話，亦或者，他也跟川楓過去一樣，被一種模模糊糊、說不清楚的深層感覺所控制著，他搞不清楚自己真正的心意是什麼。

「川楓，爸爸搬回來，你高興嗎？」爸爸忽然丟出了一個令川楓覺得難以回答的問題。

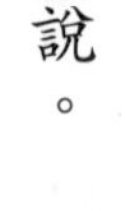

這大概就是爸爸找他出來散步的主要原因吧，爸爸想要知道，自己兒子的真正想法是什麼。

川楓當然高興爸爸搬回來一起住，雖然他不一定有時間常常陪伴川楓，但是這會讓這個家有一種比較完整的感覺。

不過，在川楓的心深處，他其實跟阿嬤一樣，希望爸爸有個幸福美滿的家庭，他也很在意川櫻的感受，如果爸爸跟新媽媽辦理離婚，真的從此由川櫻的家中搬出，川櫻恐怕會非常非常的傷心。

在川楓的班上，也有幾位同學的父母已經離婚，他跟那幾個同學雖然不是要好的朋友，但是他們的心情，他很能夠理解。因為他的處境也幾乎跟離婚家庭的小孩差不多，都是爸爸或媽媽不能陪伴在身邊，都得目睹爸爸或媽媽失婚的悲傷，正因為家庭的防護罩破了一

角，使得這類的孩子特別敏感、特別早熟，比同齡的孩子提早進入了成人的世界。

川楓想了一會兒，才決定誠實的說出：「爸爸，我當然很高興能與你住在一起，但是，我也擔心川櫻會不會很難過。」

爸爸陷入了沉默，川楓想，爸爸的心情恐怕也很不好受。他雖然不清楚爸爸對新媽媽的情感到什麼程度，但是爸爸對川櫻的疼愛，從小到大，他都是看在眼裡的。

所以，爸爸，你為什麼要離婚呢？

「我希望有機會能夠彌補你，川楓，」爸爸說：「這段時間我想了很多，覺得自己當初為了組織新家庭而離開你跟阿嬤，是一件很不對的事，現在搬回來，我就可以……」

「爸爸，難道你這樣做都是因為我嗎？」川楓再也無法壓抑心中的激動，打斷了爸爸的話。

爸爸驚訝的看著川楓。

「如果你真的是因為想要彌補我而決定跟新媽媽離婚，我一點都不會感覺很好，相反的，我會覺得更難過……」川楓說著，眼眶慢慢的紅了：「爸爸，說真的，那時你搬離阿嬤家的時候，我非常傷心，所以我了解那種被父母親拋棄的感覺，現在，看到川櫻也即將跟我那時候一樣難過，而我是她的哥哥，怎麼可能開心得起來？」

爸爸的內心似乎受到了極大的震撼，他看著川楓，久久的說不出話來。

「爸爸，請不要再說要彌補我，因為發生過的事就是發生過了，到底要如何彌補呢？對，我的確曾經很傷心，對爸爸很生氣，但是，不管我再怎麼生氣傷心，你都是我爸爸。而且，我就快要長大了，川櫻卻還小，你與其擔心我，不如先擔心川櫻吧。」

川楓自己也有點驚訝，此時此刻，面對著父親，他竟能把心中的感覺講得那麼清楚。其實，他何嘗不希望自己能夠天天看到父親、在有父親一起居住的屋簷下成長？但是他不能不想到川櫻的處境，他感覺心中有一份牽掛，一份對於川櫻的牽掛，這種牽掛讓他們兄妹倆變成了某種程度的命運共同體。川楓切切實實的感覺到，如果妹妹不快樂，他也不可能得到快樂，所以，他不可能把自己的快樂建築在剝奪妹妹的幸福之上。

爸爸仰頭嘆了一口氣，停了好一會兒才慢慢說道：「川楓，聽你說這些我覺得好慚愧，你不是快要長大，而是已經長大了，在很多時候，甚至比我這個大人的想法還要成熟。你是一個很好的孩子，但我不是合格的爸爸，」爸爸看著川楓，淚水在眼眶裡打轉：「我一直想要得到你的原諒，真的希望時光能倒轉，那麼我一定不會……，不，這是不可能的，所以我不知道該怎麼辦，要不然，請你告訴我，要怎麼做你才能原諒我？」說到最後，爸爸竟掩面哭泣。

此時的爸爸，不再像平常一樣，是一個讓川楓仰望追隨的大人。他縮得好小，變成一個小孩子，一個向川楓祈求原諒與支持的小孩，這讓川楓感到一陣迷惘與困惑。

忽然，他想起了外婆曾說過的話：「你爸爸因為無法原諒自己，所以無法照顧你。」而且，對這段話產生了一些真實的體會。

是的，在爸爸的內心，有這麼一個小孩子，一直為自己做過的錯事而掩面哭泣著，所以他無法看向川楓，也無法看向川櫻，甚至是他目前的妻子。

但，爸爸又真的做錯了什麼事呢？因為他讓川楓的母親懷孕，所以母親的死是他的錯嗎？亦或者，當年他無法照顧兒子，將兒子交給自己的母親，與新的妻子到外面組織小家庭……，這是一種不可原諒的大錯嗎？

對川楓來說，爸爸當年拋下他離家，的確在他心裡留下了恆久不癒的傷痕，但是，越是靠近爸爸，川楓就越發現爸爸雖然是一個大人，但也有脆弱無能的時候，就像此時此刻的他，在川楓的面前掩面啜泣，像一個小孩子一樣，面對這樣的父親，川楓覺得很難過，他沒

有辦法再去怨恨爸爸什麼。

「爸爸，你是我的爸爸啊，」川楓說：「在我心中，你是一個好爸爸，最重要的是，沒有你，就不會有我，而且我知道你是盡全力的在照顧我了，這樣就已經很夠了。」

「我怎麼可能是一個好爸爸？好孩子，你別安慰我，我知道自己是個怎麼樣的人……」爸爸仍舊用一雙大手覆蓋著臉龐。

川楓不知由哪兒來的睿智與勇氣，他抓住爸爸的手，把爸爸的手帶離了臉部，他直視著父親盈滿淚水的眼睛，在爸爸的眼睛裡，他看到了縮小的自己。所以川楓知道，爸爸的某種心情是跟他一模一樣的。

有一些言語自動的湧到舌尖，他有一些話很想要跟爸爸說，川楓

感覺到身體裡充滿了一股陌生而勃發的力量。

「爸爸……，這不是我說的，是媽媽這樣告訴我的。」川楓肯定的說道。

「你媽媽？」爸爸感到不可置信。

「曾經我以為媽媽的死是我的錯，以為她死了以後，就不存在了，但是有一天，外婆告訴我一個祕密，一個關於媽媽的祕密。媽媽說——」川楓說到這裡，喉嚨有點梗住了，他想到那一天神奇的經驗，想到媽媽與外婆對他沒有保留的愛，為什麼這麼些年來，他都沒有意識到自己擁有著這份愛？還一直認為自己是個孤單無依的小孩？

「她死是因為她的時候到了，而不是因為生下我。媽媽也告訴我，即使她不在我身邊，但是她會透過每一個留在我身邊的人關心

我、照顧我，所以，爸爸，」川楓流下淚來：「我知道你是疼愛我的，雖然你不能跟我住在一起，但是比起在天國的媽媽，你已經離我近多了不是嗎？你有時間就會陪我玩，跟我一起吃飯，帶我出去旅遊，關心我的功課，賺錢養活我……，這些都是每一天，你為我做的。所以，為什麼要一直說你不是個合格的爸爸呢？」

爸爸彎身抱住川楓，川楓感覺到爸爸的身軀有些顫抖，他的胸膛在劇烈的起伏。

「爸爸，求求你，留下來。」川楓不知道自己為什麼突然說出這句話，但在說出他心中最深層請求，以一個孩子最卑微的位置說出這樣的請求時，他感到如釋重負。

是的，川楓只是一個孩子，但孩子的心往往是玲瓏剔透的，不用

透過言語，他們就可以知道父母心中所有無意識的渴望。

川楓老早就感覺到父親想要追隨死去的母親離去，那是一種模模糊糊、無法正確描述的感知，但卻會左右著他的情緒與作為。直到此時此刻，他終於與這個感知正面相對了，他也終於瞭解父親與他自己這些年來，被諸多情緒、行為深深困住的背後原因。

他們的原因都是因為愛，深愛著已死去的妻子、或是母親。他們為她的早逝深深感到愧疚，為自己比她多出來的壽命感到無比罪惡，他們以為放棄幸福，甚至是放棄生命追隨她而去，才是愛的表現，忠誠的極致。

但是，川楓已經知道，媽媽並不希望他這麼做，相反的，媽媽希望他珍惜自己的生命。他相信，媽媽對爸爸一定也抱有這樣的期盼，

期盼他愛惜自己獲得的所有，勇敢的活下去。

此時此刻，川楓不知道爸爸是否能接收到媽媽真正的心意？身為孩子的他，無法干涉父母的命運。但他已經用盡全力告訴爸爸他所知道的，就像外婆曾經為他做的一樣。

他想，此時自己這份超齡的感知，一定是來自於母親，就像那一天外婆打破了她身體的限制，清醒過來告訴他一段極具療癒性的話語。若沒有母親的愛，他跟外婆，都不可能辦到。

所以，親愛的爸爸，你感覺到媽媽對你的愛了嗎？媽媽不需要我們的不幸，她真正的心意是：要我們幸福的活著，這才是對她最好的報答與回饋。

「你剛剛說什麼？」爸爸放開川楓，直起身子，他終於能夠冷靜下來，睜開雙眼，主動看向自己的兒子。

「爸爸，求求你，留下來，」川楓撲進爸爸的懷裡：「我跟川櫻都需要你，所以求求你，不要跟媽媽走！」

此時的川楓忍不住放聲哭泣起來，他終於感覺到，自己完全回到了十二歲小孩，一個需要父親、仰望父親的狀態。這個狀態，對川楓而言是最舒適安全的，他不用再時時刻刻警醒著、鞭策著自己，要趕快長大成熟，要去替誰承擔或是逃避什麼，他只要是一個孩子就好。

所有令人擔心的事，就交給大人去傷腦筋吧。

10

最好的生日禮物

從公園回家的隔天早上，川楓睡到中午才起來。這當中阿嬤叫他好幾次了，但是川楓總是醒來一下，又閉上眼睛沉沉睡去。阿嬤覺得很奇怪，這個勤快的孫子從來沒有睡到這麼晚的，她摸了好幾次川楓的額頭，確定他沒有生病發燒。

直到中午時分，阿嬤炒菜的聲音與大蒜爆香的香氣傳來，川楓才真正清醒了過來。

「你今天怎麼睏這麼晚？有什麼不舒服嗎？」阿嬤看到川楓，放下手中的鍋鏟，又走過來摸他的額頭。

「阿嬤，我好好的，只是很想睡覺而已。」川楓大大的伸了個懶腰。

「這樣喔，沒事就好，洗個臉來吃飯吧。」阿嬤看起來放下了一

顆心。

吃飯的時候，阿嬤一邊幫他夾菜，一邊笑咪咪的說：「你阿爸今天晚上不過來了，他要回你新媽那裡呢，我聽了真歡喜。」

「太好了。」川楓聽了也很高興，看樣子，爸爸是想開了。

「你們昨天去散步時，你阿爸是有說到什麼嗎？怎麼變化會這麼大？」

「這個……，是我跟爸爸的祕密，不能跟妳說。」

「喔，你這個囡仔，有什麼天大的祕密不能跟阿嬤說？」阿嬤用筷子敲了一記川楓的頭。

似乎，天上的媽媽又再度發揮功力，連爸爸銅牆鐵壁般的心，都穿透了過去。川楓不知道爸爸是否真能從此卸下心中的罪惡感及悲

傷，幸福的生活下去，但是他已經決定不要再為大人操心了，他只是一個十二歲的小孩，小孩怎麼可能有能耐為大人擔什麼憂呢？

於是，從昨夜到今天早上這漫長而深沉的睡眠，只是為了彌補過去幾年的逞強硬撐，所累積的疲憊而已。重新清醒過來的川楓，覺得體內充滿著一股新生而勃發的力量，就像春天裡，剛竄出泥土的青草。

在返校日的前兩天，川楓完成了〈我的母親〉這最後的一篇暑假作業。

這次的寫作經驗也很特別，因為以前川楓寫作文習慣先依「起、承、轉、合」設下段落，分配好各段落的要旨後，再依這些要旨填充文字血肉完成，他又很會善用背誦起來的成語、佳句，所以他的作文

就算不是最頂尖的那一篇，但也常常會被歸類為佳作。老師給他的作文評語最常見的是「有條有理、四平八穩」。

但是這次，川楓放棄了這個寫作習慣，他沒有預設任何段落或題旨，而是在展開的稿紙上，盡情寫下湧現至筆尖的文句，不管寫出來的字句是否有錯，是否通順，是否優美。

當他放棄「一定要寫出一篇最好的作文」的心理負擔，反而文思泉湧。他也有了一個奇怪的發現，那就是「文字有著自己的生命」，他常常很意外自己為何會寫出這樣的句子、寫出這樣的情境，他感覺有一條神祕的河流正透過他書寫的筆尖湍湍流過，這河流裡承載著他、母親，甚至包含父親、阿嬤、外婆等等所有最親愛的家人，生命中的低語、笑聲、詠嘆或是悲鳴。

川楓很快就寫滿了一張稿紙。放下筆的那一刻，看著剛剛寫下的，龍飛鳳舞的字跡，他的字從來沒寫得這麼潦草過，寫作的過程從來沒有這麼失控過，但是無論如何，他畢竟完成了一篇原本認為是最難寫的暑假作業。

沒有想到的是，完成的過程竟是如此輕鬆容易，有如神助。這又是天上的媽媽在默默幫忙的緣故嗎？

返校日當天，川楓看到變胖的貓咪老師，她原本大大的肚子消下去了，滿臉都是初為人母的慈愛與喜悅。

雯雅老師已經離開了，她的代課到上學期結束為止。這是川楓原本所打的如意算盤：就算偷懶不寫，也根本就沒有人會去追究他是否補寫了那篇作文。

雖然，他花了很多功夫完成的作文已失去了繳交批改的對象，但是，川楓絲毫不覺得自己白費了功夫。因為，正如雯雅老師所說的，只要他願意突破心理障礙，完成這一篇作文，老天爺會送他一份禮物。

這份大禮，他確實收到了，而且永生難忘。川楓開始有點明白雯雅老師的用意：某一些作業的完成，不是為了向老師、父母交代，而是單純的為了自己而做的。

中秋節前，川楓就要滿十二歲了。

有一天，川楓接到了美琳阿姨的電話，她在電話那一端大聲的說：「川楓，你的作文寫完了嗎？」

「早就寫完了。」

「那怎麼沒拿來給我看啊。」美琳阿姨氣呼呼的說。

「對不起啦，阿姨，最近都沒有去外婆家啊，本來想過去的時候再……」

「啊，川楓，我想到了，」美琳阿姨迫不及待的插嘴道：「九月十八日來外婆這裡，辦個朗誦發表會吧。」

為什麼一定要在九月十八日呢？川楓覺得有點奇怪，但他馬上就想起來，這一天是他的生日啊。

「川楓，你好像還沒過過生日吧，真是對不起，不如就利用這一天，把你的好文章念給大家聽，也讓我在天上的姊姊好好聽一聽。」

「不過，阿姨妳不要期望太高，並不是一篇好文章呢。」川楓一

想到要在眾人面前朗誦他的文章，登時面紅耳赤起來。

「拜託，只要是用心寫的就都是好文章啊，」美琳阿姨說：「我很期待喔，不過你也不要壓力太大啦，就這樣說定了。」

「一言為定。那爸爸、我阿嬤那邊呢？」

「我會打電話給他們當面邀請的，啊，都已經好多年沒跟親家母連繫了……」美琳阿姨最後喃喃說道。

美琳阿姨要開口邀請阿嬤？那真的是太不可思議了，因為從川楓有記憶以來，外婆、阿姨從來沒有跟爸爸、阿嬤這邊的人聚在一起，也許，是因為失去親人的感覺太痛苦了，大家都懷抱著屬於自己的罪惡感或是難以醫治的悲慟，不再碰面，是讓雙方比較好過的選擇。

如果在這一天，家人們願意排除萬難的再次相聚，完全是為了川楓。這一天是他的生日，但也是母親的忌日。正因為這一天混和了如此複雜的感受，迎接了新生命的喜悅之後，接著是失去親人的打擊，所以這一天變成大人們心中永遠的痛，而川楓，也就失去了每年慶祝生日的權利。

到了他生日這一天，早上十點左右，在阿嬤家，川楓穿上了爸爸幫他買的一套新衣服、新鞋子，阿嬤也刻意穿了一件粉色的套裝，臉上化了妝。當爸爸載著川櫻來到阿嬤家時，他很意外的發現，新媽媽也坐在車子上。

等到川楓與阿嬤走到車子旁準備上車時，新媽媽卻下車往回走到阿嬤家門口。

「川楓，來一下。」新媽媽向川楓招著手。

當川楓走過去時，看到新媽媽從皮包裡拿出一份用金色包裝紙包好的禮物，遞到川楓面前。

「川楓，這是你的生日禮物，祝你生日快樂！」

川楓覺得又驚又喜，新媽媽送給他的這一份禮物，是他十二年來，所收到的第一份生日禮物。

「媽，妳不跟我們一起過去嗎？」川楓問。

「不，我還有點事要辦，你跟爸爸、阿嬤、川櫻過去好好的玩……，」她說：「我已經跟川櫻講了，告訴她我不是你的親生母親。小妮子覺得很驚訝，纏著我問東問西的。」

川楓聽了，心裡蒙上一層淡淡的陰影。他有點擔心川櫻的反應，川櫻會從此不理他這個同父異母的哥哥嗎？

「川櫻她……，會覺得不開心嗎？」

新媽媽專注的看著川楓的臉：「我想不會耶，她早就百分之百的接受你了，所以不會有什麼影響的。倒是，我很感謝你為川櫻做的一切，你是一個很好的孩子，所以我認為……，你有一個很棒的媽媽……，說實在，多年來我都不願意承認這一點，也一直忌妒著你的母親，直到最近我才想通，我本來就不該一直想著要跟你媽媽比較。」她停頓了一下，繼續說道：「在你的心裡，她是獨一無二的，在你爸爸心中，她也永遠占有一個位置，誰都不可能取代，所以，我釋然了。從此以後，若我再跟你父親吵架、甚至離婚，那就是我跟他的問題了，不是你的責任。你，就安心的當個小孩吧。」

川楓聽著聽著，心中湧現一股熱呼呼的暖流。曾經，他期待著新

媽媽能當他的親生母親，毫無保留的接受他、愛他，然而他失望了，完全放棄了對新媽媽愛的期待。從那時起，她就只是爸爸的太太，川櫻的母親，川楓一直跟她維持著疏遠而客氣的關係。

但是今天他收到的第一份生日禮物，就是新媽媽給的；新媽媽也當面告訴他：就安心的當個小孩吧。這，不啻於是一個大人對孩子最珍貴的承諾——無論生命中發生任何事情，他們會負起屬於他們的責任。

所以，誰說新媽媽完全不愛他？

川楓上車以後，爸爸發動引擎，往前開去。阿嬤一路上碎碎念著各種事，譬如，爸爸應該再開得慢一點，川櫻應該要帶一件薄外套，因為初秋了，到晚上會比較涼……；川楓則若有所思的，時而要回答

川櫻天馬行空的「一百個問題」。

前方路口的紅燈亮了，爸爸把車速放慢下來，終至完全停止。那是一個漫長的紅燈，所以爸爸拉上了手煞車，在聽到熟悉的「喀」的一聲後，緊接著，川楓聽到了爸爸說話的聲音：

「川楓、川櫻，爸爸會留下來的。」

川楓發現爸爸正透過後視鏡在看著他，他的眼睛似乎也在微笑著。

有一種細微但是深刻的喜悅，從爸爸的眼裡漾出，像是劃過湖面往四周擴散的波紋，連川楓的心也感受到了。他從來沒有看過，父親有這樣輕鬆舒放的神情。

「爸爸，你在說什麼啊，你本來要去哪裡？」川櫻疑惑的問道。

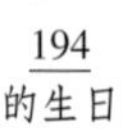

「這是我跟妳哥之間的祕密哦。」綠燈亮了，爸爸放下手煞車，踩下油門。

面對川櫻「爸爸本來要去哪裡啊？」問個不停的攻勢，川楓費了大半天才能夠止住笑。聽到爸爸這樣說他真的很高興，因為這是他收到的，這輩子最好的生日禮物了。

看見生命中的愛與希望（後記）

《來自天堂的暑假作業》是半寫實的，在我心中醞釀了約有一年左右的時間。裡面的人物皆有現實的人物為基礎，說穿了，就是我身邊的某個人的家庭故事。

故事裡的「川楓」確有其人，我遠遠的看著他，看著他從一個無助的嬰孩長成一個神情淡漠的青年。

他的家是我小時候經常玩耍流連的地方，他的母親我也熟悉，是對我跟妹妹很友善的表嫂。當母親告訴我她難產過世時，我還是一名孩童，我驚訝、專注的聆聽，還不十分明白「死亡」是什麼。

從那時起，我就與那個家庭逐漸疏離了，當然也是因為我逐漸長大，功課越來越重，不再有太多玩耍的時間。另外一個重要的原因

是，我發現過去活潑幽默的表哥從此變得沉默安靜，看見他的時候，我無法再像過去那樣沒有負擔的與他靠近。

人是如何凝視著「悲傷」呢？我的習慣是，別過頭去，不想看，不忍看。我安慰不了任何人，所以選擇拉開距離，像是揮別了童年那般，我在心中揮別了曾經陪我長大的那一家人。

但是，每當有機會見到「川楓」時，我不免會想到他的命運。我不常與他碰面，但總忍不住豎起耳朵來聆聽所有有關他的消息。

我看著他一路孤寂的長大，但卻什麼也沒有做，不曾靠近他，陪他玩，給他一個溫暖的擁抱。

直到看了海寧格的家族系統排列(註)以後，女性難產過世帶給遺腹子、丈夫深遠的影響，具體的化為文字，呈現在我眼前。於是，我比較能夠看懂表哥、「川楓」、「川櫻」以及新表嫂，他們行為背後所隱藏的心靈動力。

然後虛構了過程與結局，寫下這個成長故事。

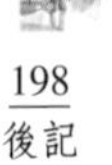

在現實生活中，表哥一家人也慢慢的展開了新人生：這幾年來表哥與新表嫂的笑容變多了，夫妻之間的關係明顯變好；二十六歲的「川楓」也終於從大學畢業進入職場，並且會在意自己的外表，開始減肥了。

生命自有出路，即使經歷過再大的痛苦與悲傷，即使復原的進度緩慢。只要我們願意看著那個傷痕，把死去的親人放到心中來，接受他已然離開人間的事實，請求他祝福我們，完成接下來的人生旅程。如此，死亡帶來的就不僅僅是哀慟，還有力量。

曾詠蓁　於二〇一〇年八月

註：「系統排列」是德國海寧格先生所整合發展的一種心理療法，透過角色代表的排列與互動，探討許多人生課題。

《來自天堂的暑假作業》延伸閱讀

鄒敦怜

文本導讀

這篇作品與其說是給青少年的讀物，更適切的說應該是大人給孩子的告解。透過主角川楓的視野，看著周圍大人發生的種種事情，不得不努力長大、努力變得懂事的小孩川楓，成為溫暖的核心，牽起並連結整張溫柔的網，讓周圍的大人得到救贖，各自走出內心陰暗深晦的角落。

故事的開始由一份不一定有人會檢視的暑假作業展開，年輕的代課老師，憑著內心的熱情，要孩子重寫一篇作文，很簡單的題目——我的母親。代課老師與學生只有短短的相處，為什麼有那樣的敏銳與突破，要孩子重寫這篇作品？為什麼川楓竟也不覺得厭煩，反而也想試著完成這篇作文？也許主角的年齡是重要的關鍵，過了暑假就邁向小學階段的最後一年，將近十二歲心智更為

成熟，為了更坦蕩的開啟下一個學習里程，許多難解的結必須及時處理。

為了寫好這篇作文，川楓必須與熟悉的家人討論平時避免談論的對象，故事以川楓的敘述為主，一段一段的描述在這些不同家人眼中，自己的媽媽曾經留下怎樣的印象。作者在作品中加入大人世界的苦惱：婚姻的抉擇、婆媳的相處、夫妻的應對、子女的照顧、中年的失志憂鬱、青少年初萌的愛慕、成年子女的發展問題、年長父母的健康問題、隔代教養的問題、同父異母手足的相處……每個家庭都得面臨上述的課題與抉擇，也一定有許許多多的無奈，捲入其中的小孩，面對這些他根本來不及主導的事實，不是沉淪就是逼迫自己成長。所以，當川楓失智的外婆突然清醒的跟他說著祕密，那句喟嘆：「孩子，別怨恨我們這些軟弱無能的大人啊！」真的會讓稍有人生閱歷的讀者揪心。

作者的文字功力十足，有能力把讀者帶往故事主角經歷的人生低谷，也同樣有能力為讀者築起階梯，讓情緒與想法從谷底爬升。雖然是沉重的課題，但這樣的故事對青少年讀者來說，並不算太沉重，因為讀者看到的是「川楓」的故事，而不是直接剖析自己，在作品中經歷到的「人生」，讓讀者之後面對相似的情境時，能迅速的應變，找到出口學會轉彎，沉著的等待時間給與的豐盛回饋。

閱讀思考提問

1. 川楓被要求在暑假重寫的作文題目是什麼？他以前怎麼完成這類的作文題？代課的雯雅老師，建議他透過哪些方法重新寫作？川楓對這項額外作業，抱著怎樣的心情與態度？
2. 幼稚園大班時，爸爸和新媽媽為什麼要搬離阿嬤家？把自己當成川楓，描述這一段經過，並且說出當時川楓心中的感受。
3. 爸爸為什麼會提出要川楓搬過去一起住的建議？川楓、阿嬤對這件事情的態度分別是怎麼樣？
4. 川楓的外婆是怎麼樣的人？她現在跟誰住在一起？外婆看到川楓都會悲傷掉眼淚，面對這樣的外婆，川楓心中有怎樣的感受？
5. 美琳阿姨跟川楓的媽媽差幾歲？美琳阿姨對媽媽有怎樣的印象？阿姨幫忙

找到媽媽的日記本，媽媽寫日記的年齡與川楓現在的年紀，有怎樣的巧合？

6. 川楓閱讀媽媽的日記本，有哪些新的發現？當他讀到媽媽寫出美琳阿姨出生的心情，跟自己面對川櫻出生的心情，有哪些異同？

7. 川櫻的身體有什麼特殊狀況？她在學校突然昏倒送醫的真相是什麼？為什麼她要這麼做？當妹妹跟自己小時候一樣，面對小孩無力解決的僵局，這次川楓如何當妹妹的靠山？

8. 六歲大的妹妹，天真地用親吻真誠的表現心中對別人的信任與喜愛。找一找故事中與妹妹「親吻」有關的段落，妹妹「親」了哪些人？川楓當時在哪兒？他那時心中的感受或想法是什麼？

9. 爸爸平時常忙碌到取消回阿嬤家吃飯的約定，阿嬤心中總是很失望；爸爸跟新媽媽吵架回阿嬤家吃飯，卻不打算回自己的家，阿嬤的態度如何？故事中描述兩個川楓半夜起來找爸爸身影的情節，這兩次分別發生什麼事情？川楓的心態有什麼不同？

10. 川楓從美琳阿姨、爸爸、新媽媽、美琳阿姨口中的媽媽以及阿嬤身上，分別收到哪些對「婚姻」的印象？美琳阿姨在川楓爸媽結婚前夕看到的「重大事件」，故事中沒有寫清楚，寫出你的猜測，以及猜測的原因。

11. 已經接近失智的外婆，在怎樣的狀況下，跟川楓說關於媽媽的祕密？外婆如何描述對川楓的掛記？這段談話互動內容，為什麼讓川楓流淚？川楓聽外婆說祕密這段，是真實發生的還是在夢境中？

12. 阿嬤如何描述川楓的媽媽以及接手照顧川楓的心情？當爸爸洩氣喪志躲回家，不跟新媽媽、川櫻有太多互動，阿嬤跟川楓分享哪些自己的煩惱？

13. 爸爸跟川楓散步聊天時，說了哪些心裡話？為什麼川楓會突然說出「爸爸，求求你，留下來」？這句話對給爸爸帶來怎樣的震撼？

14. 川楓完成暑假作業，但是代課的雯雅老師已經離開，檢核這份作業的離開，川楓為什麼還認為這項作業為他帶來「最好的禮物」？就你讀完之後，你覺得「最好的禮物」指的是什麼？

15. 書名叫做《來自天堂的暑假作業》，你覺得適當嗎？讀完之後，你覺得作

者理想的人際互動「天堂」，應該有哪些樣貌？

閱讀延伸活動

活動一：人物關係轉盤

1. 下面這幾個人物，是故事中出現的主要人物：（川楓、川櫻、媽媽、美琳阿姨、外婆、阿嬤、爸爸、新媽媽），請你在轉盤正中央放入任何一個人物，再把其他人放在周圍。例如：把川楓放在中央，其他的人物則放在周圍。
2. 說一說或簡單的寫一寫，放在周圍的人物，與中間的人物有怎樣的關係？在故事中，他們曾有怎樣的互動？這些互動造成怎樣的影響？

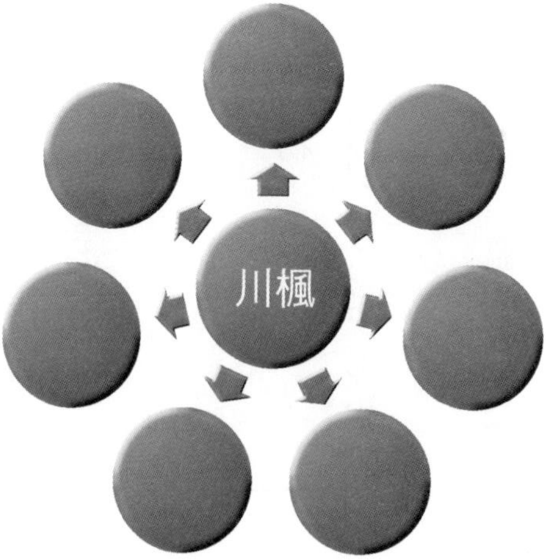

活動一：大天使卡片

1. 故事中的角色，都曾面對人生中必須沉著以對的關卡。例如：
   - 川楓心中永遠有陰影，因為媽媽是為了生下他而難產死亡……
   - 爸爸覺得愧疚，因為他沒有好好照顧川楓……
   - 川櫻覺得是因為自己生病，才讓爸爸媽媽吵架……

   先找出至少五個類似的關卡並且簡單寫下（包括人物、事件）。
2. 讀一讀故事，說一說故事中這些角色如何「闖關成功」？花了多少時間？用了哪些方法？
3. 把自己化身「大天使」，為處在當時關卡的角色，寫出溫暖且能鼓舞對方的卡片。

活動二：人物側寫

1. 故事中川楓透過訪問親友、看媽媽小時候的日記、爸爸給自己的信……等方式，了解了自己逝去的媽媽。書寫人物除了與對方直接互動，也能運用

這種間接的方式，刻畫人物的形象。

2. 以一位長輩為描寫主角，訪問至少三個人以上，設計問題提問讓受訪者回答，之後綜合採訪內容，寫一篇人物小傳。

3. 這篇人物小傳可以分成三大部分：我對這位人物原本的印象、從受訪者得到的訊息、知道主角人物不同的特點之後，我新生的印象。

活動四：親子深情對話

1. 故事中，川楓與家人所有的互動，都是因為得完成這篇「我的母親」暑假作業。只是從作品中，並沒有看到川楓最後怎麼寫這篇作品。請你化作川楓，讀完故事之後，從書中情節找尋線索，寫出這篇作文。

2. 找一位一起閱讀完的夥伴，交換彼此化身川楓書寫的「我的母親」作品，再以川楓母親的角色，寫短信或卡片，回應這篇作品。

九歌少兒書 280

來自天堂的暑假作業

國家圖書館出版品預行編目（CIP）資料

來自天堂的暑假作業 / 曾詠蓁著 ; 蘇力卡圖 . – 增訂新版 . --
臺北市 : 九歌 , 2020.08
面； 公分 . -- (九歌少兒書房 ; 280)
ISBN 978-986-450-303-2(平裝)
863.596　　109009630

作　　者——曾詠蓁
繪　　者——蘇力卡
責任編輯——鍾欣純
創 辦 人——蔡文甫
發 行 人——蔡澤玉
出　　版——九歌出版社有限公司
台北市 105 八德路 3 段 12 巷 57 弄 40 號
電話／02-25776564・傳真／02-25789205
郵政劃撥／0112295-1

九歌文學網　www.chiuko.com.tw

印　　刷——晨捷印製股份有限公司
法律顧問——龍躍天律師 ・ 蕭雄淋律師 ・ 董安丹律師
初　　版——2010 年 11 月
增訂新版——2020 年 8 月
新版三印——2024 年 4 月
定　　價——320 元
書　　號——0170275
I S B N——978-986-450-303-2